Ledwina

Annette von Droste-Hülshoff

Der Strom zog still seinen Weg und konnte keine der Blumen und Zweige auf seinem Spiegel mitnehmen; nur eine Gestalt, wie die einer jungen Silberlinde, schwamm langsam seine Fluten hinauf. Es war das schöne bleiche Bild Ledwinens, die von einem weiten Spaziergange an seinen Ufern heimkehrte. Wenn sie zuweilen halb ermüdet, halb sinkend still stand, dann konnte er keine Strahlen stehlen, auch keine hellen oder milderen Farbenspiele von ihrer jungen Gestalt, denn sie war so farblos wie eine Schneeblume, und selbst ihre lieben Augen waren wie ein paar verblichne Vergißmeinnicht, denen nur Treue geblieben, aber kein Glanz.

»Müde, müde«, sagte sie leise und ließ sich langsam nieder in das hohe, frischgrüne Ufergras, daß es sie nun umstand, wie die grüne Einfassung ein Lilienbeet. Eine angenehme Frische zog durch alle ihre Glieder, daß sie die Augen vor Lust schloß, als ein krampfhafter Schmerz sie auftrieb. Im Nu stand sie aufrecht, die eine Hand fest auf die kranke Brust gepreßt, und schüttelte unwillig ob sich das blonde Haupt, wandte sich rasch wie zum Fortgehn und kehrte dann fast wie trotzend zurück; sie trat dicht an das Ufer und schaute anfangs hell, dann träumend in den Strom.

Ein großer, aus dem Flusse ragender Stein sprühte bunte Tropfen um sich, und die Wellchen strömten und brachen sich so zierlich, daß das Wasser hier wie mit einem Netze überzogen schien und die Blätter der am Ufer neigenden Zweige im Spiegel wie grüne Schmetterlinge davonflatterten. Ledwinens Augen aber ruhten aus auf ihrer eignen Gestalt, wie die Locken von ihrem Haupte fielen und forttrieben, ihr

Gewand zerriß und die weißen Finger sich ablösten und verschwammen, und wie der Krampf wieder sich leise zu lösen begann, da wurde es ihr, als ob sie wie tot sei und wie die Verwesung lösend durch ihre Glieder fresse und jedes Element das Seinige mit sich fortreiße.

»Dummes Zeug!« sagte sie, sich schnell besinnend, und bog mit einem scharfen Zug in den milden Mienen auf die dicht am Flusse hinlaufende Heerstraße, indem sie das Auge durch das weite, leere Feld nach heitern Gegenständen aussandte. Ein wiederholtes Pfeifen vom Strome her blieb ihr unbemerkt, und als daher bald darauf ein großer schwarzer Hund mit vorgestrecktem Kopfe quer über den Anger grade auf sie einrannte, flüchtete sie, von einem Schrecken ergriffen, mit einem Schrei auf den Strom zu und, da das Tier ihr auf der Ferse folgte, mit ebnen Füßen hinein. »Pst, Sultan!« rief es neben ihr, und zugleich fühlte sie sich von zwei unzarten Händen gefaßt und ans Ufer gesetzt. Sie wandte sich noch ganz betäubt und verschreckt um. Vor ihr stand ein großer vierschrötiger Mann, den sie an einem Hammel, der ihm wie ein Palatin um den Hals hing, als einen Fleischer erkannte. Beide betrachteten sich eine Weile, indem das Gesicht des Mannes in die offenbarste, mit Verdruß gemischte Ironie überging.

»Was springt Sie denn so?« stieß er endlich heraus.

»Ach Gott«, sagte Ledwina ganz beschämt, »ich dachte, das Tier wäre toll.«

»Wer? mein Hund?« sagte der Kerl beleidigt, »der ist ja nicht mal bös, der hat niemals keinen gebissen.«

Ledwina sah auf den Hund, der nun ganz verständig wie ein Sphinx neben seinem Herrn saß und zuhörte.

»Ist Sie nun recht naß?« fing der Fleischer an.

»Nicht sehr«, erwiderte Ledwina, indes der Mann mit seinem Stabe die Tiefe des Wassers neben dem großen Steine maß, auf den Ledwina bei ihrer Wasserreise geraten. »Aber ganz miserabel ist Ihr, das sehe ich wohl«, sagte er dann, »ich will nur sehen, daß ich Sie in das Haus dort bringe.«

In der Tat hatte Ledwina seines Beistandes sehr nötig, und sie erreichte nur mühsam das etwa hundert Schritte vom Flusse entlegene Bauernhaus, indes ihr Führer sie beständig von den Kennzeichen der tollen Hunde unterhielt.

Die alte Bäurin schob schnell ihren Rocken zurück, als Ledwina mit den Worten: »Macht Feuer, Lisbeth, ich habe mich erkältet und erschreckt« in die Tür trat. Der Fleischer hob sogleich die Geschichte des Abenteuers an.

»Macht Feuer!« wiederholte Ledwina, »ich habe mir im Sandloche nasse Füße geholt.«

Der Retter wollte die Sache mit der Mamsell gefährlicher machen.

»Es ist unser gnädiges Fräulein«, sagte die Alte beruhigt, legte Holz zum Feuer, stellte einen Stuhl daneben, rückte ein Kissen darauf zurecht und ging, um in dem Keller ein Glas frischer Milch zu holen.

Der Fleischer, in seiner besten Rede verlassen, rief ihr verdrießlich nach: »Einen Schnaps, Wirtin!« – »Wir verschenken keinen Schnaps«, sagte die Frau in der Kellertür; »ein Glas Milch könnt Ihr für einmal umsonst kriegen.«

»Mamsell«, hub der Fleischer von neuem an, »ich sage aber, sie hätte wohl vertrinken können.« Ledwina mußte doch lächeln. »Wenn ich mich auf den Mund gelegt hätte«, antwortete sie vor sich hin und suchte in ihrem Körbchen nach der Börse. »Sie ist auch nicht besonders bei Kräften«, erwiderte er, und über Ledwinens Gesicht flog ein bittrer Zug, indem sie ihm ein Trinkgeld reichte.

»Gott bewahre«, erhub er seine Stimme, »einem Menschen das Leben retten, das ist nicht zu bezahlen«, wobei er beinah tat, als wollte er das Dargebotene etwas weniges abwehren. »Ihr habt mich ja auch hieher geleitet«, sprach Ledwina fast verdrießlich. »Ja, wenn Sie das meint«, sagte der Retter und faßte geschwind zu, denn da Ledwina sich nach ihrem Körbchen neigte, meinte er, sie gedächte das Gebotne wieder einzustecken.

Die Bäurin brachte die Milch. Der Fleischer brummte: »Wenn es noch ein gut Glas Bier wäre.« Er nahm jedoch vorlieb, sprach gegen die Wirtin noch allerhand von bezahlen und gut bezahlen können und zog endlich ab.

»So geht es oft den ganzen Tag«, sprach die Bäurin zu Ledwina, der es ganz behaglich am Feuer wurde, »wenn wir allerhand Leute im Hause leiden wollten, der Zulauf wäre groß genug für das beste Wirtshaus. Die Leute denken: Geld regiert die Welt. Unser Klemens muß oft des Nachts aus dem Bette und führen die Reisenden beim Grafenloche vorbei. Das ist ihm auch nicht zu gut, aber man mag die Leute doch nicht so ins Wasser stürzen lassen.« – »Jawohl«, sagte

Ledwina, schon halb im Schlummer. »Die gnädige Fräulein ist schläfrig«, sprach die Alte lächelnd, »ich will noch ein Küssen holen.« – »Bewahre«, rief Ledwina schnell, aus ihrem Stuhle auffahrend, aber schon war die alte Lisbeth wieder da mit zwei Küssen, deren eines sie auf den Sims neben den Herd legte, das andre auf die Stuhllehne. Ledwine, die sich aus einer Art Krankentrotzes selten etwas zugute tat, lachte ordentlich vor Vergnügen, da es ihr so bequem wurde. »Erzählt mir etwas von vorigen Zeiten, da Ihr auf dem Schlosse wohntet«, sagte sie freundlich, und die Frau hub an zu erzählen von dem seligen Großpapa, und wie der Turm noch gestanden, der vor vielen Jahren niedergebrannt, und immer tiefer neigte sich Ledwinens Haupt, und nur deutlicher gestaltete sich, was sie noch jezuweilen von den Worten der Erzählenden vernahm, daß sie den Großvater sah wie ein kleines, graues Männchen, gar freundlich, tot war er freilich, aber er schoß doch noch mit seiner Vogelflinte nach den Raben im alten Turme, es knallte gar nicht, aber sie fielen recht gut – und nur leiser und leiser wurden die Laute der Alten, die von Zeit zu Zeit ihr Fräulein hinter dem Rocken hervor betrachtete, bis sie endlich auch ganz einschliefen. Dann stand sie sachte auf, trippelte auf den Zehen zu Ledwina und beugte sich langsam über sie, ihren Schlummer zu prüfen. Das war rührend zu sehn, wie das ernste, alte Gesicht der Bäurin, über dem jungen, bleichen der Herrin stand, das eine in stiller Traumeswehmut, das andre in den Tiefen des unabwendbaren nahen Vergehens für beide, die reife, lebenssatte Ähre über der zarten, sonnenversengten Blüte. Dann hob sie sich, holte still Flachs aus einem Wandschranke und begann ihn sehr leise zu bürsten; aber ihre Züge waren ernster wie vorhin und doch sehr weich.

So dauerte es eine Weile, als die Tür ziemlich unsanft geöffnet ward und mit den Worten: »Mutter, hier bring' ich Euch einen neuen Stuhl«, ihr Sohn mit ein'gem polternden Anstande einen im geheimen für sie verfertigten Spinnstuhl hereinbrachte; »der andre ist Euch ja doch zu hoch«, fuhr er fort. Die Mutter winkte unwillig mit der Hand, indem sie auf Ledwina deutete, aber diese war schon erwacht und sah ganz hell und erquickt um sich. »Ja, so wollt' ich dich –!« fuhr die Alte heraus. »Ich habe sehr sanft geschlafen bei Eurem Feuer«, sagte das Fräulein sehr freundlich, »es ist aber doch gut, daß ich geweckt bin, sonst hätt' ich nachtwandeln müssen; ich meine«, fuhr sie lächelnd fort, da die beiden sie fragend anblickten, »wenn ich bei Tage ruhe, so habe ich in der Nacht keinen Schlaf; da stehe ich dann wohl zuweilen auf und gehe in meiner Stube umher; es ist nicht zum besten, aber was soll man mit der langen Nacht machen? Es wird bald fünf sein, nun wird's meine Zeit zu gehn«, und wie sie durch die Tür ging: »Den Stuhl hat wohl Euer Sohn gemacht, der ist doch recht geschickt.« – »Auch bisweilen recht ungeschickt«, sprach die Alte, der der Ärger noch nicht aus den Gliedern wollte, aber schon war Ledwine wie eine Gazelle den Fluß hinauf, denn sie dachte nur dann an ihre arme kranke Brust, wenn heftige Schmerzen sie daran erinnerten, und dann war ihr dieses traurige Hüten, dieses erbärmliche, sorgfältige Leben, wo der Körper den Geist regiert, bis er siech und armselig wird wie er selber, so verhaßt, daß sie gern diese ganze in Funken zu verglimmende Lebenskraft in einem einzigen recht lohhellen Tage hätte ausflammen lassen. Ihr frommes Gemüt behielt auch hier die Oberhand über den furchtbar durchbrennenden Geist, aber noch nie hat wohl ein Märtyrer

Gott sein Leben reiner und schmerzlicher geopfert wie Ledwina den schöneren Tod in der eignen Geistesflamme.

*

Im hellen Wohnzimmer mußte es etwas anders sein wie immer, da Ledwina eintrat, denn sie ward gar nicht gescholten, die gewöhnliche bittre Frucht der ihr so süßen, aber zerrüttenden Streifereien. Schwester Therese hatte freilich genug nach einer entfallenen Nähnadel zu fischen, aber auch die Mutter sagte nichts, strickte still fort und winkte stark mit den Augenlidern; das war immer ein besonderes Zeichen, dann war sie erzürnt oder gerührt oder gar verlegen, denn diese kluge Frau, der ein allgemein beachtetes und oft verwickeltes Leben eine völlige Herrschaft über alle unpassende Ausbrüche innerer Bewegungen in Handlungen und Worten gesichert hatte, wußte selbst nicht, wie dünn der Schleier ihres Antlitzes über die Seele hing, und es bedurfte für gesunde, ob auch noch ungeübte Augen nur sehr geringer Bekanntschaft, um sie oft besser zu verstehen, als sie sich selbst in ihrer vielfachen Zerstreuung durch Haus und Kinder. Ledwina hätte sich gern ganz still der Gesellschaft eingeflickt, aber ihre Arbeit lag in der Schublade des Tisches, vor dem die Mutter saß. Das war schlimm; sie setzte sich indes ganz sachte in den Sofa, der an der Schattenseite des Zimmers stand, und sagte kein Wort. Die kleine Marie lief hinein und mit einem lauten, etwas albernen Gelächter auf Ledwina los: »Ledwine, weißt du schon die ganz berühmte Neuigkeit?« Ledwine verfärbte sich wie erschreckt in unnatürlich gespannter

Erwartung, und die Mutter sagte rasch: »Marie, hol mir mein Schnupftuch, ich habe es im Garten bei den Tannen liegen lassen!« Marie drehte sich auf dem Fuße um, sagte aber noch: »Wenn ich wiederkomme, weißt du es längst, denn Theresen springt das Herz, wenn sie es nicht sagt.« Sie lachte laut auf und rannte etwas tölpisch hinaus.

»Ihr müßt euch mit dem Kinde in acht nehmen«, sagte die Mutter ernst, »Kinderohren sind bekanntlich die schärfsten und wir Erwachsnen oft wahrhaft ruchlos in dieser Hinsicht; bei Marien ist es zum Glück nur Impertinenz, kein erwachendes vorlautes Gefühl, was im besten Falle die Seele leerbrennt. – Karl«, sie wandte sich zu Ledwinen, »hat heute Briefe erhalten, woraus unter andrem erhellt, daß einer seiner Universitätsbekannten ihn vielleicht durchreisend besuchen wird; du hast ihn wohl nennen hören, Römfeld, der sogenannte schöne Graf. Karl hat zuweilen allerhand von ihm erzählt, was ganz romantisch lautete, und ihr seid unvorsichtig genug gewesen, euch mit ihm zu necken; ich lasse so etwas passieren, obgleich es überall nicht viel heißt. Ich denke, wenn das Böse nur ausbleibt, so muß man sich zuweilen in das Unnütze in Gottes Namen schicken. Ich muß gestehn, daß ich alsdann so wenig an Marien gedacht habe wie ihr, aber vorausgesetzt, daß dergleichen dunkle Dinge ihrem noch höchst kindlichen Gemüte keinen weiteren Eindruck hinterlassen, wie soll man ihr beibringen, daß sie derlei Gespräche nicht wiederholen dürfe, ohne eben diese gleichen Eindrücke fast gewaltsam zu befördern, denn ihr wißt, sie wäre kindisch und lebhaft genug, den Grafen mit seiner eignen Biographie zu regalieren.«

»Man muß ihr sagen«, versetzte Karl, der immer die Stube auf und ab maß, »daß sie überhaupt nichts weiter bringt; das Klatschen ist an und für sich garstig genug.« – »Weißt du das einem so lebhaften Kinde ohne Arg beizubringen?« erwiderte die Mutter scharf. »Wir haben doch nicht geklatscht, wie wir klein waren«, sagte Karl. Die Mutter stockte einen Augenblick und sagte dann mit schonender Stimme, wie ungern: »Sie ist vielleicht auch lebhafter wie ihr alle.« Karl ward rot und sagte halb vor sich hin: »Auch ziemlich unartig bisweilen.« – »Etwas unartig sind alle Kinder in dem Alter«, versetzte die Mutter streng, »und zudem gehorcht sie mir aufs Wort; ist es mit andren nicht so, so mag die Schuld auf beiden Seiten stehn.«

Beide schwiegen verstimmt, und eine drückende Pause entstand. »Von wem hast du Briefe?« hub Ledwina leise und ängstlich an. »Es ist nur einer«, sagte Karl, »von Steinheim; er hat eine gute Anstellung bekommen zu Dresden und wird bei seiner Hinreise hier vorsprechen, da er über Göttingen reist, um dem Studentenleben noch einmal ein ewiges, lustiges Valet zu bringen, und Römfeld, der aus Dresden ist, eben von dort abgeht, so reisen sie zusammen. Steinheim scheint der ungebetene Gast schon auf dem Herzen zu liegen.« Dies letztere sagte er halb zu der Mutter gewandt, die mit der möglichsten und angenehmsten Gastfreiheit sich jedoch das Recht der Einladung immer völlig vorbehielt.

»Wir kennen ihn ja schon«, sagte diese und dann schnell, ehe Karl seine Antwort, daß diese Angst nicht Steinheim selbst, sondern Römfelden meine, anbringen konnte, »Ledwina, wo bist du diesen Nachmittag gewesen?«

»Am Flusse hinunter«, entgegnete Ledwina.

»Du bist lange geblieben«, versetzte die Mutter.

»Ich habe lange«, erwiderte Ledwina, »bei der alten Lisbeth zugebracht; ich bin sehr gern dort.«

»Es sind auch gute Leute«, sagte die Mutter; »etwas stolz, aber das schadet nicht in ihrem Stande, es erhält sie ehrlich in jeder Hinsicht.«

»Es hat mich recht geschmerzt«, sprach Karl, »unser altes Domestikeninventarium fast ganz zerstört zu finden.«

»Mich auch«, sagte die Mutter lebhaft, »ich wollte sie gern aus dem Grabe heben, und wenn ich statt dessen ihren Sarg mit Golde füllen müßte. Wir haben sie so oft in freilich harmlosem Spotte das Fideikommiß genannt, aber wahrlich, solche Leute sind nicht sowohl unserer Treue von Gott vertraut wie wir der ihrigen, und nächst dem Schutzengel gibt es keine frömmeren Hüter und nächst der Elternliebe keine reinere Neigung als die stille und innige Glut solcher alten Getreuen gegen den Stamm, auf den sie einmal geimpft, worin alle andren Wünsche und Neigungen, selbst die für und zu den eignen Angehörigen haben zerschmelzen müssen.«

Die Frau von Brenkfeld war gegen das Ende ihrer Worte sehr gerührt. Ihre Stimme war fest, aber das leise Spiel der schönsten Gefühle in ihren ernsten Zügen gab ihnen eine unbeschreibliche Anmut. Ledwina hatte währenddem ihre Mutter unablässig betrachtet und war bleich geworden, als Zeichen, daß ein Gedanke sie ergriff.

»Ja«, sagte sie nun sehr langsam, als würden ihre Sinne erst allmählich unter dem Reden geboren, »das ist wahr, wir sind doch

Geschwister, aber ich bin leider gewiß, daß wir uns nicht mit dem raschen, unerschütterlichen Entschlusse, der keine Wahl kennt, füreinander aufzuopfern vermöchten, wie das Leben getreuer Diener uns so unzählige Beispiele gibt.«

Karl sah etwas quer nach ihr hinüber, und die liebe Therese reichte ihr versichernd die Hand, und beider Augen blickten sanft ineinander. Ledwina sagte fest: »Ja, Therese, es ist doch so, aber wir sind darum nicht schlechter; die Alten sind nur besser.«

»Dafür ist es auch Dienertreue«, hub Karl an, »und eine ganze besondere Sorte, ohngefähr wie die Liebe gegen das Königshaus, dem sich auch jeder freudig opfert, ob auch die Äste gegen den schönen, alten Stamme zuweilen recht dürr oder siech abstehen; mir sind indes alte Leute immer merkwürdig, und ich rede vor allem gern mit ihnen. Es ist mir seltsam, eine ganze in ihren Handlungen meistens unbedeutende Generation lange nach ihrem schon vergeßnen Tode in ihrer oft so bedeutenden Persönlichkeit noch in diesen paar grauen verfallenden Denkmalen fortleben zu sehn, nicht zu gedenken, wenn man so glücklich ist, das lebende Monument irgendeines großen Geistes vergangener Zeit anzutreffen. Mir sind solche kleine Gemälde aus freier Hand immer lieber wie die schönste Galerie berühmter Biographien.«

»Mir scheint auch«, sagte Therese, »als ob die Lieblingsfehler der alten Leute fast wie die der Kinder zwar oft belästigend, aber doch im Grunde milder oder gleichsam oberflächlicher wären wie die der Jugend. Mangel an Rücksicht auf die Bequemlichkeit anderer ist das erste, was Alte durch allgemeine Sorgfalt und die bittre Vergleichung eigner Schwäche mit der Jugendkraft der Umgebung verleitet, annehmen, die Wurzel alles Fatalen, eine kleine Sünde, aber ein großes Leid für andere.«

»Das letztere ist wahr«, erwiderte Karl, »ohne das erstere zu begründen. Ich hingegen habe oft manche Jugendfehler im Alter in einer Steigerung und vorzüglich wahrhaft unförmlicher Versteinerung wiedergefunden, die für mich bei dieser Nähe des Grabes eine der greulichsten Erscheinungen bleibt.«

Die Frau von Brenkfeld, noch aus der guten Zeit, wo man nicht nur die Eltern, sondern auch das Alter ehrte, eine Zeit, jetzt von dieser Ansicht fast so spurlos verschwunden wie die antediluvianische, rückte mit dem Stuhle.

Karl fuhr arglos deklamierend fort: »Bei den Vornehmen Ehrgeiz, dem man so leicht um des Großen willen das etwa nicht Gute vergibt, als die empörendste, ruchloseste Ehrsucht, bei dem Mittelstande die halb belachte, halb belobte Sparsamkeit als der greuliche Geiz, über dem man nicht weiß, ob man mit Demokrit lachen oder mit Heraklit weinen soll, der bei den Geringen oft angenehme Leichtsinn als die entsetzlichste Gefühllosigkeit und Nichtachtung des sonst Nächsten und Liebsten, und oft alles zusammen in allen Ständen; und wie sie überhaupt selten kindlich und gewöhnlich nur kindisch reden, so sind sie auch zuweilen kindisch und gemein vor lauter Maliziösität.«

Er fing wieder an, heftiger auf und ab zu gehen.

»Alte Leute sind gut«, sagte Marie, die wieder neben der Mutter saß und ganz ordentlich strickte, und Frau von Brenkfeld mußte mitten aus ihrem gereizten Gefühle beinahe lachen, da nach der vorzeitigen

Berechnungsart der Kinder diese Verteidigung ihr galt. »Ihr könnt euch freuen«, sagte sie, »nicht vor dreißig Jahren jung gewesen zu sein, da wurden die Leute im Verhältnis zu ihren Eltern nie groß. Widerspruch von der einen Seite gab es in der Ordnung gar nicht, und nur selten dargelegte Gründe von der andren.«

»Es ist schlimm genug«, sagte Karl mit weicher Stimme, »daß es nun im Durchschnitt anders ist. Der Gehorsam gegen die Eltern ist ein Naturgesetz und beinah so kostbar als das Gewissen. Ich bin überzeugt, daß die Wurzel fast aller jetzt grassierenden moralischen Übel in der Vernachlässigung desselben steht. Der Mensch ist zu vielem fähig und geneigt, sobald er es auch noch so anständig mit Füßen tritt. Es ist etwas Seltsames und Rührendes um ein Naturgesetz.« »Und zudem«, sagte Therese, »gehorchen muß der Mensch noch irgend jemanden außer Gott, geistlich oder weltlich, das erhält ihn weich und christlich.« – »Ich glaube«, fügte Ledwina hinzu, »daß, wenn das, was Karl vorhin über die Alten sagte, einigen Grund hat, er gewiß in dem gänzlichen Mangel an einem Gegenstande des Gehorsams zu suchen ist; den gegen den Regenten üben sie, aber ohne ihn zu fühlen, da man ihnen gewöhnlich alle Geschäfte abnimmt.« – »Großenteils wahr«, versetzte Karl, »doch ist hier die Ehrsucht auszunehmen« – und dann schnell: »Nota bene, der alte Franz ist ja tot; wie ist der zu Tode gekommen?« – »An einem Brustfieber«, entgegnete Therese, und Ledwina, deren Gesicht wieder ein weißer Flor überzog, setzte mit leiser Stimme hinzu: »Er hat sich erkältet, da er mir im vorigen Winter eine Bahn durch den Schnee fegen wollte.«

Sie stand auf und trat an eine im Schatten stehende Kommode, als ob sie etwas suche, denn sie fühlte, daß die Tropfen, die so leicht in ihre Augen traten, ihnen diesmal zu oschwer würden.

»Da wolltest du hundert Jahr alt werden«, lachte Marie, »denk mal, Karl, Ledwina meinte, sie wollte hundert Jahr alt werden, wenn sie alle Tage spazierenging; das hat der alte Nobst aus dem Kinderfreunde auch getan.«

Die Mutter sagte, als habe sie Ledwinens Worte nicht bemerkt: »Er war durch den Schnee nach Emdorf gewesen.«

»Er ist alt genug geworden«, sagte Karl, »ich glaube, er war schon über achtzig, so alt werd' ich nicht.«

Ledwina beugte indes tief verletzt über eine geöffnete Lade. Es war, als wolle man ihr das herzzerreißende, aber teure Geschenk dieses geopferten Lebens entreißen, und sie hielt es fest an sich gepreßt. In Wahrheit ließ die tödliche Krankheit dieses treuen Mannes, des Gatten der alten Lisbeth, viele Gründe zu, wie dies bei dem Ableben sehr alter Leute fast immer der Fall, und deshalb suchte die Frau von Brenkfeld mit jener beliebten, aber falschen Schonung, die das Herz verletzt, statt es zu heilen, und empört, statt es zu rühren, jenem wahrscheinlichsten Grunde seine eigentliche Heiligkeit zu stehlen und ihm nur die Glorie des letzten Zeichens der Anhänglichkeit zu lassen.

Marie war indes zu Ledwinen hingelaufen und quälte sie durch die unter Lachen immer wiederholte Frage: »Ledwina, du bist wohl recht bange vor dem Tode? Wie alt möchtest du wohl werden, Ledwina?«

Ledwina, die sich in ihrer Rührung noch beachteter glaubte, wie sie war, wollte gern antworten, aber sie fürchtete den zitternden Laut ihrer Stimme; sie beugte sich von einer Seite zur andren, indes das unter ihren Armen durchgeschlüpfte und nun vor ihr an die Lade gepreßte Kind unter ewiger Wiederholung seiner Fragen und lauten Kichern ihr immer in die Augen sah. Endlich sagte sie ziemlich gefaßt und in der Anstrengung lauter wie gewöhnlich: »Ich fürchte mich etwas vor dem Tode, wie ich glaube, daß fast alle Menschen es tun; denn das Gegenteil ist gegen oder über die Natur. Im ersten Falle möcht' ich mir es nicht wünschen, und im zweiten ist es nur in einem sehr langen oder sehr frommen Leben zu erreichen.« Die Kleine kroch wieder durch und sprang lachend zu ihrem Stuhle.

Auch Ledwina hatte sich unter dem Reden ermutigt und kehrte ziemlich frei zu ihrem Sofa. Karl, für den, sobald er seine verlangte Auskunft hatte, das übrige Gespräch meistens tot war, indem er für sich fortspann, stand nun still und sagte: »Der alte Kerl war ordentlich ein Philosoph; er hätte unsren Gelehrten können zu schaffen machen. Ich habe nun drei Jahre studiert, und unsere Professoren laufen doch den ganzen Tag wie Diogenes mit der Laterne nach unnützen Fragen, aber so spitzfindige sind mir noch selten vorgekommen, wie das alte Genie aus den Ecken zu bringen wußte. Er hatte auch von sich selbst die Klarinette spielen gelernt.« – »Die hat er geblasen, da er noch jung war«, fiel Marie ein. Karl drehte die Pfeife ungeduldig in den Händen und fuhr dann schnell fort: »Was aber lächerlich war, so wußte er auch auf alles Antworten, und die waren ihm immer gut genug, obgleich der Scharfsinn der Antwort nie im Verhältnis zu dem der Frage stand. Der Hochmut legt doch seine Eier in alle Nester.«

»Der alte Franz war deinem seligen Vater sehr lieb«, sagte Frau von Brenkfeld sanft, aber ernst. Karl antwortete ganz arglos: »Ja, er ist ja, den Unterricht abgerechnet, fast mit ihm erzogen, das hat ihm auch den Schwung gegeben.« Dann fuhr er von selbst erwacht und mit einem seltnen, zarten Ausdrucke in den Mienen fort: »Wenn er so erzählte, wie sie zusammen heimlich das Rauchen trieben aus gehöhlten Kastanien und sich treulich beistanden in Schuld und Strafe, dann ist mir immer ganz wunderlich gewesen; wahrhaftig, es ist mir manche liebe Stunde in dem Manne gestorben.«

»Mir auch«, sagte die Mutter und winkte die Tränen heftig zurück, »die alte Lisbeth ist auch seitdem ganz kümmerlich geworden.«

»Es ist überhaupt etwas Kurioses und meist Unangenehmes um die Witwen«, versetzte Karl, wieder abgeleitet, »besonders, solange die Kinder minorenn sind.« – »Was ist das, minorenn?« fiel Marie ein: »Meistens fehlt ihnen die Kraft, und auf allen Fall nehmen ihnen die Augen der Welt, denen sie immer ein Splitter sind, die Macht und die Herrlichkeit; man sieht sie die an Verbrechen grenzendsten Härten gegen Schuldner ausüben, alles per Pflicht. Das geht nun wohl nicht anders, aber es läßt gewöhnlich einige Verhärtungen. Das Regieren tut überall keinem Weibe gut.«

»Witwen sind gut«, sagte Marie beleidigt, und Karl, der die Beziehung nicht faßte, fuhr auf: »Kinder auch, wenn sie das Maul halten«, und fuhr dann mit einem Blick auf seine Mutter im doppelten Schrecken zusammen. Frau von Brenkfeld kämpfte gewaltsam gegen eine mehr wehmütige als erzürnte Empfindung, die sie für Unrecht hielt, da Karl im ganzen recht und gewiß arglos geredet hatte, aber daß sie das Grelle jenes Verhältnisses, dem sie, bei den durch die Gutmütigkeit ihres verstorbenen Gatten verwirrten Vermögensumständen, unter den härtesten äußeren und inneren Kämpfen acht Jahre ihres Lebens ihre ganze Gesundheit und oft ihre heiligste Empfindung hatte opfern müssen, eben von jenem so scharf und wie verurteilend mußte auffassen hören, für den sie vor allem freudig geopfert hatte, das warf eine Wolke von Trauer und Verlassenheit in ihre Seele, die sie durch alle Strahlen des Gehorsams und der Liebe ihrer Kinder nicht zu zerstreuen vermochte. Eben ihr war der Witwenschleier aus einem Trauerflor zu einem Bleimantel geworden, der fast sogar die Ehre niedergebeugt hätte, da ihr Gatte durch unverhältnismäßige Schuldbeträge die Leute nach seinem Tode zugrunde richtete, denen er bei seinem Leben gern helfen wollte. Er hatte den Segen mit sich genommen und ließ der Vormundschaft und seiner bedrängten Witwe den Fluch. Zudem hing ihr sonst starkes Herz seit ein'ger Zeit mit großer Schwäche an Marien, dem einzigen ihrer Kinder, dem sie alles in allem war, indes die Herzen der übrigen sich stark an die fremden Götzen zu hängen begannen. Im Verhältnis zu ihren Töchtern war dies Gefühl minder stechend gewesen, da eine vielseitige und gewandte Weltkenntnis von seiten der Mutter und ein unbedingter Gehorsam von seiten der Kinder ausglichen, was Ledwina an Tiefsinn und Zartheit und Therese an klarer und besonnener Auffassung voraushaben mochten, aber die Zurückkunft Karls, den ihr die Universität nach seiner persönlichen Empfänglichkeit völlig ausgebildet, aber außerdem oder vielleicht deshalb etwas überreif und überfrei wiedergab, war ihr aus einem Jubiläum der Witwenherrschaft zu der beklemmten Leichenfeier derselben geworden, obschon nur in der innren Überzeugung, da Karl jetzt aus Pflicht und Vorsatz das zu sein strebte, wozu ihn früher die scheuste Ehrfurcht gemacht hatte; aber eben dieses immer durchscheinende Streben, dies öftere Mißlingen durch Mißverstehn, weil die scharfe angstvolle Beachtung des Kindes fehlte, dies seitdem offenbare Zusammenhalten und Einanderaushelfen der Geschwister sagte ihr deutlich, wie locker die Krone auf ihrem Haupte stehe, nur gehalten durch ein einsicht-, aber pflichtvolles Ministerium. Karln hatte sie als eine üppige, aber zarte Treibhauspflanze unter Tränen, Sorgen und Segen in die freie Luft gesendet, und sie konnte sich nicht bergen, daß, so sie ihn jetzt ohne eins von allen entließ, er nur den letzteren vermissen würde, und auch dies nur in Überlegung und Religiosität, nicht in jenem scheuen frommen Gefühle, was sich in der Welt ohne den mütterlichen Segen wie zwischen reißenden Tieren dünkt. Marien duldete er offenbar nur in Rücksicht ihrer, und sein gereiztes Gemüt mußte gerade bei einer Veranlassung hervorbrechen, wo sie ihr fast wie das einzige ihrige Kind erschien, und doch konnte sie eben hier ohne die äußerste Taktlosigkeit nichts sagen. Karl begriff ihre Gefühle auch jetzt nur so im groben in der ersten Entstehung und folgte ihnen gar nicht; er ging auf und ab, rauchte und war noch etwas verdutzt, aber völlig ruhig. Ledwina hätte wohl alles dieses am empfindlichsten aufgefaßt, aber eine früherhin schmerzlich berührte Saite klang so hell nach, daß sie noch jeden andern Laut übertönte. Sie konnte überhaupt sehr lange an einem Gedanken zehren und nahm noch oft das Frühstück ein, wenn die andern schon ein wichtiges Mittagsmahl, einen unbedeutenden Tee nebst einer Menge amüsanter Konditorwaren verzehrt hatten und sich nun zur Abendtafel setzten. Nur Therese, die immer wie der Engel mit dem flammenden Schwerte vor und mit dem Ölzweige über den Ihrigen stand, mußte die ganze Last dieses Augenblicks tragen und suchte angstvoll nach einer klug beschwichtigenden Rede.

»Warum wählst du immer den verdrießlichen Weg am Flusse, Ledwina?« begann die Frau von Brenkfeld gesammelt, da die Stille kein Ende nahm.

»Ich habe den Weg einmal sehr lieb«, versetzte Ledwina, »ich glaube, das Wasser tut viel dazu.«

»Den Fluß hast du ja auch unter deinem Fenster«, sagte die Mutter, »aber es ist so ein bequemer Gedankenschlender, deshalb geht man auch leicht weiter, wie man sollte.«

»Ich muß gestehn«, sprach Karl, »daß mir die Gegend hier besonders jetzt recht erbärmlich vorkömmt. Man spaziert wie auf dem Tische, die Gegend vor uns wie hinter uns, oder vielmehr gar keine. Der Himmel über uns und der Sand unter uns.« »Die Gegend könnte noch viel malerisch schlechter sein, wie sie ist«, sagte Ledwina, »und mir bliebe sie doch lieb; von den Erinnerungen, die in jedem Baume wohnen, will ich gar nicht reden, denn so kann nichts mit ihr verglichen werden, aber so, wie sie da steht und überall, wär' sie mir höchst ansprechend und wert.«

»Chacun à son goût«, versetzte Karl, »nach deinen eben gemachten Ausnahmen weiß ich nicht, was dich reizt: das stachlichte Heidekraut oder die langweiligen Weidenbäume oder die goldnen Berge, die uns in einer Stunde ein zauberischer Wind schenkt.«

»Die Weiden zum Beispiel«, versetzte Ledwina, und in ihr Gesicht goß sich ein trübes, aber bewegliches Leben, »haben für mich etwas Rührendes, eine sonderbare Verwechslung in der Natur: die Zweige farbicht, die Blätter grau, sie kommen mir vor wie schöne, aber schwächliche Kinder, denen der Schrecken in einer Nacht das Haar gebleicht. Und überhaupt die tiefe Ruhe auf manchen Flächen dieser Landschaft: keine Arbeit, kein Hirt, nur allerhand größre Vögel und das einsam weidende Vieh, daß man nicht weiß, ist man in einer Wildnis oder in einem Lande ohne Trug, wo die Güter keinen Hüter kennen als Gott und das allgemeine Gewissen.«

»Es ist nicht schwer«, versetzte Karl lächelnd, »einer Sache, die so viel liebe Seiten hat, auch eine schöne abzugewinnen, aber ich versichere dich, man darf keine zwanzig Meilen reisen, sonst fallen die schönen romantischen Läppchen ab, und was nackt übrig bleibt, ist eine halbe Wüste.«

»Die Wüste«, versetzte Ledwina, gleichfalls lächelnd und wie träumend, »die Wüste mag vielleicht große und furchtbare Reize haben.«

»Kind, du rappelst«, sagte Karl und lachte laut auf.

Ledwina fuhr langsam fort: »So plötzlich hineinversetzt, ohne ähnliche und doch völlig ungleiche Umgebungen zu kennen und hauptsächlich ohne früher von ihnen gelitten zu haben, und nun weithin nichts als die gelbe glimmernde Sandfläche, keine Begrenzung als den Himmel, der niedersteigen muß, um die Unendlichkeit zu hemmen, und nun flammend über ihr steht; statt der Wolken die himmelhohen, wandelnden Glutsäulen, statt der Blumen die farbicht brennenden Schlangen, statt der grünen Bäume die furchtbaren Naturkräfte der Löwen und Tiger, die durch die rauschenden Sandwogen schießen wie die Delphine durch die schäumenden Fluten – überhaupt muß es dem Ozean gleichen.«

Karl war vor Verwunderung stillgestanden, dann sagte er mit einem närrischen Gesichte: »Und wenn nun die wandelnden Glutsäulen uns Visite machen oder die Blumen der Wüste uns umkränzen oder die furchtbaren Naturkräfte sich an uns probieren wollen?«

Ledwina fühlte sich widrig erkältet. Sie beugte, ohne zu antworten, nieder, um ein Garnknäul vom Boden aufzuheben.

»Aber mein Gott«, rief Frau von Brenkfeld, der durch diese rasche Bewegung ihre noch nicht völlig getrockneten Schuhe sichtbar geworden waren, »du bist ja ganz naß!« – »Ich bin etwas naß«, versetzte Ledwina, ganz herunter von widrigen Empfindungen. »Und das schon die ganze Zeit«, versetzte die Mutter verweisend, »leg dich augenblicklich nieder, du weißt es ja in Gottes Namen auch selbst wohl, wie wenig du vertragen kannst.« – »Ja«, sagte Ledwina kurz und stand auf, um in ihrer Empfindlichkeit allen weitern Reden zu entgehn. »Daß du dich aber ja niederlegst, und trinke Tee«, rief ihr die Mutter nach. Sie wendete sich in der Tür um und sagte mit gewaltsamer Freundlichkeit: »Ja, gewiß.« Therese folgte ihr.

*

»Du hast noch nicht getrunken«, sprach Therese sanft verweisend, da sie nach einer Viertelstunde mit einem Glase Wasser von neuem in die Kammer trat und die weislich vor dem Fortgehn eingeschenkte Tasse noch unberührt sah; »wenn nun die Mutter käme«, fuhr sie fort, »du weißt, wie sie auf ihr Wort hält.«

»Ach Gott, ich habe noch nicht getrunken? Wenn nun die Mutter käm'!« wiederholte Ledwina, aus tiefem Sinnen auffahrend, und im Nu reichte sie Theresen die geleerte Tasse; »mir ist so heiß«, sagte sie dann, warf unruhig die weißen Gardinen weit zurück und legte die brennenden Hände in der Schwester Schoß.

»Du trinkst zu schnell«, sagte diese. – »Ich wollte, ich dürfte das Glas Wasser trinken«, versetzte Ledwina. »Trink du deinen Tee, der bekömmt dir viel besser«, antwortete Therese mitleidig, »das kannst du deiner Gesundheit wohl opfern, es ist ja nur ein kleiner Wunsch.« – »O, er kömmt auch nur oben vom Herzen«, lächelte Ledwina, »und dann setz' dich doch recht zu mir und sprich mir etwas vor. Das Bettliegen ist so fatal; es ist noch lange nicht dunkel, und dann die lange Nacht!«

Therese setzte sich auf den Rand des Bettes und seufzte unwillkürlich recht tief. Ledwina lächelte von neuem und sehr freundlich, fast freudig. »Der heutige Tag«, sagte Therese dann tiefsinnig, »ist äußerlich so unbedeutend gewesen und doch innerlich so reich; es ist so viel durchgedacht und auch wohl ausgesprochen worden, was in Jahren nicht hat zu der Klarheit kommen können, wie der Brennpunkt einer langen Zeit.« – »Jawohl, allerhand«, versetzte Ledwina erwartend, der in diesem Augenblicke nur eins still bewegend im Sinn lag. »Ich wollte«, sprach Therese weiter, »der Kerl säh' etwas weniger imposant aus, damit er etwas minder geehrt würde. Alles wendet sich an ihn, und die Mutter wird jedesmal rot, wenn er mit der gefälligen Miene sagt: ›Tragt das meiner Mutter vor!‹«

Ledwina hatte, wie vorhin gesagt, den Teil des vorigen Gesprächs, auf den sich dieses bezog, völlig überhört, und auch jetzt hielt ihr Geist eine andere Richtung fest. So faßte sie es gar nicht in seinem tiefen Schmerze. »Ja«, sagte sie, noch immer still träumend, »es wurde so vielerlei gesprochen, daß man das erste über dem letzten vergaß. Mich soll wundern, ob Steinheim sich auch verändert hat.« Therese ward feuerrot. »Ich möchte es gar nicht«, fuhr sie fort, »mir scheint immer, er könnte dabei nur verlieren.« Therese schenkte etwas mühsam eine neue Tasse ein. »Mich dünkt, ich sehe ihn«, hub Ledwina wieder an, »wie er gefragt wird und dann das liebe treue Gesicht so freundlich eine Antwort weiß; es wird einem ganz ruhig, wenn man eine Zeitlang darauf weilt.« – »Das geht wohl an«, sagte Therese in der Angst. Ledwina sah hoch auf. »Meinst du nicht?« fragte sie ernst. »O nein«, sagte Therese verwirrter und brach sehr unpassend ab. Aber Ledwina hatte sich aufgerichtet und ihre Hände krampfhaft gefaßt. »Bitte, bitte«, sagte sie in strenger Angst, »schweig, aber lüg nicht«, und mit einem leisen Ton der tiefsten Wehmut lag Therese an ihrer Brust und weinte und zitterte, daß die Gardinen bebten. Ledwina hielt sie fest an sich, und ihr Gesicht war aufgegangen wie ein Mond, der leuchtend über die Schwester wachte. Beide ließen sich nach einer langen lebensreichen Pause und suchten ihre verlorene Fassung, die eine auf der seidenen Bettdecke, die andere an dem Bande des Teetopfes, was sie losknüpfte, statt es fester zu heften, denn es ist eben den besten und herrlichsten Menschen eigen, daß sie sich schämen, wenn ein unbewachter Augenblick verraten hat, wie weich sie sind, indes die Armen im Geiste von jener Art, der nicht der Himmel verheißen ist, es in Ewigkeit nicht vergessen können, wenn sie einmal einen rührenden Gedanken gefunden haben, wie das blinde Huhn die Erbse.

»Ich bin mir oft recht lächerlich und eitel vorgekommen«, fing Therese endlich an, »dir auch?« – Ledwina mußte lachen und sah sie fragend an. Therese fuhr fort: »Allen dunkel und mir allein hell; es ist betrübt, Ledwina, so etwas ganz allein zu merken, man wird ganz irr. Ich habe immer innerlich glühn müssen, wenn ich diese oder jene unsrer Bekanntinnen mit geträumten Eroberungen prunken sah. Es ist so häßlich und so allgemein. Die Bescheidenheit schützt heutzutage gar nicht mehr, und für mich wär' es so traurig. Ach, Ledwina, soll ich es mir wohl nur einbilden? Ich kann ja auf nichts bauen als auf meinen innigsten Glauben.«

»Baue du dein Haus nur«, sagte Ledwina bewegt, »du hast einen guten Grund, einen verborgenen, aber festen, der nicht unter dir einsinken wird.« – »Er hat mir nie etwas Derartiges gesagt«, versetzte Therese, indes ihre Augen wie in den Boden brennen wollten. – Ledwina sagte nachsinnend und lieblich: »Für einen anderen nichts, für ihn alles. Wär's ein andrer, so hättest du auch den Glauben nicht. Ach, Therese, du wirst sehr glücklich sein; das sage ich frei und schäme mich nicht. Wir suchen doch alle einmal, wenn schon meistens inkognito, aber ich habe aufgehört, denn ich weiß, daß ich nicht finde.« – Therese entgegnete demütig: »Ich darf auch nicht so viel verlangen wie du.« – »Das heißt nun nichts«, versetzte Ledwina sanft vorwerfend, »das kannst du selbst nicht glauben; du bist Gott und Menschen angenehmer, das weiß ich wohl.« Therese erschrak ordentlich und wollte einfallen, aber Ledwina winkte ernst mit der schmalen weißen Hand und fuhr fort: »Doch mein loses törichtes Gemüt hat so viele scharfe Spitzen und dunkle Winkel, das müßte eine wunderlich gestaltete Seele sein, die da so ganz hineinpaßte.« – Therese faßte erschüttert ihre beiden Hände und sagte, indem sie das Gesicht wie scheu umherwandte, um die Zeichen der höchsten Bewegung zu verbergen: »Ach Ledwina, ich mag jetzt gar nicht davon reden, wie lieb dich viele Menschen haben, aber auch du wirst finden, was dir einzig lieb bleibt. Gott wird ein so reines und leises Flehn nicht überhören.«

Ledwine, der das Gespräch zu angreifend wurde, sagte wie leichtsinnig: »Jawohl, man sagt ja, es gibt keinen so schlechten Topf, daß sich nicht ein Deckel dazu fände, aber Gott weiß, wo mein Erwählter lebt; vielleicht ist er in diesem Augenblick auf der Tigerjagd, es ist doch grade die Zeit, und dann, du meinst, Steinheims Liebe sei unbemerkt geblieben? Glaub das ja nicht! Hab' ich dir je früherhin ein Wort gesagt? Und doch ist mir alles seit einem Jahr die höchste Gewißheit, und ich kann euch gar nicht mehr in Gedanken trennen. Aber wie kannst du glauben, daß unsre Mutter auf einen bloßen, auch noch so getreuen Schein sich über eine so zarte Sache äußern sollte, oder Karl, dem die Ehre und der Anstand fast zu viel sind? Ich habe oft und heimlich lachend den Kampf beider gesehn, wenn sie weder absichtlich störend noch nachlässig erscheinen wollten. Glaub mir, könnte Steinheim dich vergessen oder übergehn, so würden beide

schweigen und sich fassen, aber ihr Glaube an die Menschen wär'
dahin, so gut wie der deinige.«

»Aber auch heute, wo die Entscheidung so gar nahe gestellt ist«,
versetzte Therese beklemmt, »nicht das kleinste Zeichen in Miene oder
Worten.«

»O Therese«, sagte Ledwina lächelnd, »ich sehe wohl, die Liebe
macht die Leute dumm. Ist dir dies Vermeiden seines Namens, dies
behutsame, verräterische Umgehen des ganzen Besuches, der doch bei
weitem das Hauptsächlichste im Briefe war, nichts? Ich sage dir,
Therese, ich wußte von nichts, da ich in die Stube trat, aber ich bin
zusammengefahren und habe in der höchsten Spannung geharrt und
geglaubt, jeder Laut werde das Geheimnis gebären, besonders im
Gesichte unsrer Mutter wogte ja die ganze offene See der
Empfindungen.«

Therese hatte nach und nach das Haupt erhoben und sah nun
peinlich hoffend auf Ledwina, wie ein Kind auf den Vater, wenn es
merkt, daß er ihm etwas schenken will. »Nun, ich will es so denken,
und ich kann auch nicht gut anderst«, sagte sie verschämt, »aber bitte,
bitte, nun nicht mehr davon reden!« Nach ein'gen Augenblicken fuhr
sie wieder trübe fort: »Man muß sich nicht so in eine Hoffnung
eingraben, das Glück ist gar zu kugelrund.« Dann schwieg sie und faßte
die Schale und Teetopf, als wolle sie einschenken, sagte dann: »Ich
komme gleich wieder« und ging hinaus, denn sie zitterte so sehr, daß
sie den Topf nicht hatte heben können.

Nach einer langen Weile trat sie wieder mit leisen Schritten herein
und blickte weit vorgebeugt mit angestrengter Sehkraft nach der

Schwester hinüber, weil sie gedachte, sie möchte schlummern, und es nicht wagte, ihr zu nahen um der frischen Abendluft willen, die aus ihren Kleidern duftete, denn sie war im Freien gewesen, tief, tief im Gebüsche und hatte sich einmal recht satt geweint und gesehnt, und nun war sie wieder still und sorgsam wie vorher, denn diese süße, überteure Seele lebte ein doppeltes Leben, eins für sich, eins für andre, wovon das erstere nur zum Kampf für das letztere vortrat, nur daß es statt des Schwertes die Leidenspalme führte. So stand sie eine Weile, kein Vorhang rauschte, aber ein tiefer, schwerer Atem zog hinüber und gab ihr mit der Gewißheit des Schlummers zugleich eine wehmütige Sorge. Sie setzte sich ganz still in ein Fenster. Die Sonne ging unter, und ihre letzten Strahlen standen auf einem Weidenbaum am jenseitigen Ufer. Der Abendwind regte seine Zweige, und so traten sie aus dem Glanz und erschienen in ihrer natürlichen Farbe, dann bogen sie sich wieder in die Goldglut zurück. Für Ledwinens krankes, überreiztes Gemüt hätte dies flimmernde Naturspiel leicht zu einem finstern Bilde des Gefesseltseins in der sengenden Flamme, der man immer vergeblich zu entrinnen strebt, da der Fuß in dem qualvollen Boden wurzelt, ausarten können, aber Therese war es unbeschreiblich wohl geworden in Betrachtung des reinen wallenden Himmelsgoldes und überhaupt der lieblichen gefärbten Landschaft, ihre Gedanken waren ein leises und brünstiges Gebet geworden, und ihre Augen waren scharf auf den Abendglanz gerichtet, als sei hier die Scheidewand zwischen Himmel und Erde dünner; es war ihr auch, als zögen die Strahlen ihrer Seufzer mit hinauf, und sie legte das glühende Antlitz dicht an die Scheibe, aber wie die Sonne nun ganz dahin war und auch der Abendhimmel begann, ihre Farbe zu verleugnen, da sanken auch ihre Flügel, und sie ward wieder trüber und wußte nicht, warum. Das Vieh zog langsam und brummend in den Hofraum, und zugleich stieg das Abendrot höher, und ein frischer Wind trieb die rosenfarbne Herde auch nach dem Schlosse hinüber. »Nun wird es gut«, sagte sie ziemlich laut, das Wetter meinend, und erschrak, daß sie der Schlummernden vergessen hatte, aber eine unbeschreibliche Zuversicht umfing sie gleich, und diese unwillkürlichen, ausgesprochnen Worte waren ihr wie durch Gottes Eingebung. Sie war von nun an völlig ruhig und blieb es bis zu der Stunde, die ihr Schicksal entschied.

So haben auch die klarsten, sichersten Seelen ihre Augenblicke, wo der Glaube an eine verborgene, geistige Abspiegelung aller Dinge ineinander, an das vielgeleugnete Orakel der Natur sie mächtig berührt, und wer dem widerspricht, dessen Stunde ist noch nicht gekommen, aber sie wird nicht ausbleiben, und wäre es die letzte.

Therese stand wie aus einem schönen Traum auf und schlich zum Lager Ledwinens. Unbeweglich, ja fast starr lag die Schlafende, und ihr Antlitz war bleich wie Marmor, aber in ihrer Brust arbeitete ein schweres, unruhiges Leben in tiefen Zügen. Therese sah sorgsam auf die Gegend des Herzens und legte dann sachte die Hand darauf, die sich von den heftigen Schlägen hob. Hätte sie nicht gewußt, daß plötzliches Erwecken bei der Schwester immer mit einem erschütternden Schrecken verbunden sei, sie hätte sie nicht dieser angstvollen, betäubenden Ruhe überlassen, aber nun blickte sie noch einmal sorgenvoll auf die Schlafende, segnete sie zum ersten Male in ihrem Leben, zog die Vorhänge des Bettes weit los, schloß die der

Fenster und ging dann sachte und wehmütig zurückblickend hinaus mit dem Vorsatz, späterhin noch einmal nachzusehn.

*

Es war tief in der Nacht, als Ledwina aus ihrem langen Schlummer erwachte. Sie hatte äußerlich tief geruht, und Therese war unbemerkt vor ein'gen Stunden noch einmal an ihrem Lager gewesen, wo sie die Schwester, die ihr nun erleichtert schien, beruhigt verlassen hatte. Aber in Ledwinens Innrem hatte sich eine grauenvolle Traumwelt aufgeschlossen, und es war ihr, als gehe sie zu Fuße mit einer großen Gesellschaft, worunter alle die Ihrigen und eine Menge Bekannter waren, um einer theatralischen Vorstellung beizuwohnen. Es war sehr finster, und die ganze Gesellschaft trug Fackeln, was einen gelben Brandschein auf alles warf, besonders erschienen die Gesichter übel verändert. Ledwinens Führer, ein alter, aber unbedeutender Bekannter, war sehr sorgsam und warnte sie vor jedem Stein. »Jetzt sind wir auf dem Kirchhof«, sagte er, »nehmen Sie sich in acht, es sind ein'ge frische Gräber.« Zugleich flammten alle Fackeln hoch auf, und Ledwinen wurde ein großer Kirchhof mit einer zahllosen Menge weißer Leichensteine und schwarzer Grabhügel sichtbar, die nun regelmäßig eins ums andre wechselten, daß ihr das Ganze wie ein Schachbrett vorkam und sie laut lachte, als ihr plötzlich einfiel, daß hier ja ihr Liebstes auf der Welt begraben liege. Sie wußte keinen Namen und hatte keine genauere Form dafür als überhaupt die menschliche, aber es war gewiß ihr Liebstes, und sie riß sich mit einem furchtbar zerrißnen Angstgewimmer los und begann zwischen den Gräbern zu suchen und mit einem kleinen Spaden die Erde hier und dort aufzugraben. Nun war sie plötzlich die Zuschauende und sah ihre eigne Gestalt totenbleich mit wild im Winde flatternden Haaren an den Gräbern wühlen, mit einem Ausdrucke in den verstörten Zügen, der sie mit Entsetzen füllte. Nun war sie wieder die Suchende selber. Sie legte sich über die Leichensteine, um die Inschriften zu lesen, und konnte keine herausbringen, aber das sah sie, keiner war der rechte. Vor den Erdhügeln fing sie an sich zu hüten, denn der Gedanke des Einsinkens begann sich zu erzeugen; dennoch ward sie im Zwang des Traumes zu einem wie hingestoßen, und kaum betrat sie ihn, so stürzte er zusammen. Sie fühlte ordentlich den Schwung im Fallen und hörte die Bretter des Sarges krachend brechen, in dem sie jetzt neben einem Gerippe lag. Ach, es war ja ihr Liebstes, das wußte sie sogleich; sie umfaßte es fester, wie wir Gedanken fassen können, dann richtete sie sich auf und suchte in dem grinsenden Totenkopfe nach Zügen, für die sie selbst keine Norm hatte. Es war aber nichts, und zudem konnte sie nicht recht sehen, denn es fielen Schneeflocken, obschon die Luft schwül war. Übrigens war es jetzt am Tage. Sie faßte eine der noch frischen Totenhände, die vom Gerippe losließ. Das schreckte sie gar nicht. Sie preßte die Hand glühend an ihre Lippen, legte sie dann an die vorige Stelle und drückte das Gesicht fest ein in den modrichten Staub. Nach einer Weile sah sie auf; es war wieder Nacht, und ihr voriger Begleiter stand sehr hoch am Grabe mit einer Laterne und bat sie mitzugehn. Sie antwortete, sie werde nur hier liegen bleiben, bis sie tot sei; er möge gehn und die Laterne dalassen, was er auch sogleich tat, und sie sah wieder eine Weile nichts als das Gerippe, dem sie mit einer herzzerreißenden Zärtlichkeit liebkoste. Plötzlich stand ein Kind neben dem Grabe mit einem Korb voll Blumen und Früchten, und sie besann sich, daß es eins derer sei, die im Theater Erfrischungen umherbieten. Sie kaufte ihm seine Blumen ab, um den Toten damit zu schmücken, wobei sie ganz ordentlich und ruhig die Früchte auslas und zurückgab. Da sie den Korb umschüttete, wurden der Blumen so viele, daß sie das ganze Grab füllten. Des freute sie sich sehr, und wie ihr Blut milder floß, formte sich die Idee, als könne sie den verweseten Leib wieder aus Blumen zusammensetzen, daß er lebe und mit ihr gehe.

Über dem Aussuchen und Ordnen der Blumen erwachte sie, und, wie bei Träumen immer nur der allerletzte Eindruck in das wache Leben übergeht, ziemlich frei, aber ihr war unerträglich heiß. Sie richtete sich auf und sah noch etwas verstört im Zimmer umher. Das Mondlicht stand auf den Vorhängen eines der Fenster, und da der Fluß unter ihm zog, schienen sie zu wallen wie das Gewässer. Der Schatten fiel auf ihr Bett und teilte der weißen Decke dieselbe Eigenschaft mit, daß sie sich wie unter Wasser vorkam.

Sie betrachtete dies eine Weile, und es wurde ihr je länger je grauenhafter; die Idee einer Ondine ward zu der einer im Fluß versunknen Leiche, die das Wasser langsam zerfrißt, während die trostlosen Eltern vergebens ihre Netze in das unzugängliche Reich des Elementes senden. Ihr ward so schauerlich, daß sie sich nach ein'gen Skrupeln wegen der Glut in ihrem Körper entschloß, aufzustehn und die Vorhänge loszuziehn. Die Nacht war überaus schön, der Mond stand klar im tiefen Blau, die Wolken lagerten dunkel am Horizont in einer schweren getürmten Masse, und der Donner hallte leise und doch mächtig herüber, wie das Gebrüll des Löwen.

Ledwina blickte lüstern durch die Scheiben, das graue Silberlicht lag wie ein feenhaftes Geheimnis auf der Landschaft, und dünne, matte Schimmer wogten über die Gräser und Kräuter wie feine Fäden, als bleichten die Elfen ihre duftigen Schleier. Am Flusse war die Luft ganz still, denn die Weiden standen wie versteint, und kein Hauch bog die gesträubten Haare, aber in der Ferne schüttelten sich die Pappeln und hielten dem Mondlicht die weißen Flächen entgegen, daß sie schimmerten wie die silbernen Alleen in Träumen und Märchen. Ledwina sah und sah, und ihr Fuß wurzelte immer fester an der lockenden Stelle, und bald stand sie, halb unwillkürlich, halb mit leisen Vorwürfen, in ein dichtes Tuch gehüllt am offenen Fenster. Sie schauderte linde zusammen vor der sehr frischen Luft und der geisterhaften Szene. Ihre Blicke fielen auf das klare Licht über sich und das sanfte Licht unter sich im Strom, dann auf den finstren lauernden Hintergrund, und das Ganze kam ihr vor wie der stolze und wilde Seegruß zwei erleuchteter Fürstengondeln, indes das Volk gepreßt und wogend in der Ferne steht und sein dumpfes Gemurmel über das Wasser hallt.

Da erschien fern am Strome noch ein drittes Licht, aber ein hüpfendes, trübes Flämmchen, wie ein dunstiges Meteor, und sie wußte nicht, war es wirklich ein Irrlicht oder ward es von Menschenhänden getragen, mehr zur Gesellschaft als zum Führer in der täuschenden Nachthelle. Sie richtete die Blicke fest darauf, wie es langsam herantanzte, und sein unausgesetztes Nähern bürgte für die letztere Meinung. Sie war so verloren in fremde Reiche, daß sie sich den Wandrer als einen grauen Zaubermeister bildete, der in der Mondnacht die geheimnisvollen Kräuter in den feuchten Heidgründen sucht. Wirklich gab es viele Beschwörer, sogenannte Besprecher, in jener Gegend, wie überhaupt in allen flachen Ländern, wo Menschen die schwere neblichte Luft mit der Schwermut und eine gewisse krankhafte Tiefe, den Geisterglauben, einatmen; diese Zaubrer, meistens angeseßne, geachtete alte Leute, sind mit seltnen Ausnahmen so truglos wie ihre Kinder, so wie sie auch das unheimliche Werk fast nie als Erwerb, sondern meistens als ein zufällig erobertes, aber teures Arkanum in nachbarlichen Liebesdiensten ausüben. Sie halten sonach auch vor sich selber streng auf alle die kleinen Umstände, die dergleichen Dingen selbst bei völlig Ungläubigen etwas Schauderhaftes leihn, als das starre Stillschweigen, das Pflücken der Kräuter oder Zweige im Vollmond oder in einer bestimmten Nacht des Jahres usw., und so wär' es nichts so Unmögliches gewesen, auf einer nächtlichen Wanderung dergleichen unheimlichen Gefährten zu finden, aber das Flämmchen hüpfte näher, und bald ward es Ledwinen kenntlich als der brennende Docht einer Laterne, die ein Mann trug, indes eine Gestalt zu Pferde ihm folgte. Sie besann sich, daß es wohl ein nächtlich Reisender sei, den ein Wegeskundiger an den trügerischen Buchten des Stromes vorüberleite. Das Feenreich war zerstört, aber ein menschliches Gefühl der tiefsten Wehmut ergriff sie um den Unbekannten, mit dem sie eine schöne Nacht erlebte, und der doch achtlos an ihr vorüberzog wie an den Steinen des Weges und wußte nichts von ihr, wenn er einst ihren Tod las in den Blättern der Zeitungen. Jetzt war er dem Schlosse gegenüber, wo der Fußsteig mit

Steinen gepflastert war, ein langsamer Hufschlag schallte zu ihr hinauf, und sie strengte ihre Sehkraft an, um eine leichte Form festzuhalten von der flüchtigen Erscheinung.

Plötzlich zog eine Wolke, die die Verschwörung am Horizont als Herold aussandte, über den Mond; es ward ganz finster, und zugleich schlug ein schwerer, klatschender Fall an ihr Ohr, ihm folgte ein heftiges Plätschern und der laute Angstruf einer männlichen Stimme. Ledwina sprang aus einem fürchterlichen Schrecken vom Fenster zurück und wollte nach Hülfe eilen, aber ihre Knie trugen sie nur bis in die Mitte des Zimmers, wo sie zusammenbrach, doch ohne die Besinnung zu verlieren. Sie schrie nun im höchsten Entsetzen anhaltend, fast über ihre Stimme, und nach einer Minute war ihre Mutter, ihre Schwester und fast das ganze weibliche Personale um sie versammelt. Man hob sie auf, trug sie ins Bett und meinte, sie rede irre, da sie beständig und angstvoll rief: »Macht das Fenster auf! – im Flusse – er liegt im Flusse«, und sich loszureißen strebte. Marie, die vor Schrecken hell weinte, war jedoch die erste, die den Ruf vom Flusse her durch das laute Gewirr unterschied. Man riß das Fenster auf, und bald zogen die Domestiken des Schlosses, noch ganz betäubt und mit Stangen und Haken an das Ufer. Den Reisenden hatte sein rasches Pferd aus den Wellen getragen, in die er dem Irrlichte in der Hand seines Führers gefolgt war, da er sehr dicht hinter ihm trabte. Er stand triefend neben seinem schnaubenden Tiere und wollte eben in der Angst von neuem in den Strom, das fortschwimmende Menschenleben zu retten, da ihm das fremde Land sonst keine Hülfe zu bieten wußte.

Therese stand händeringend am Fenster und horchte auf Laute der Suchenden durch den Sturm, der nun mit einer fürchterlichen Heftigkeit losgebrochen war, der Donner rollte sonder Aufhören, das Wasser tanzte in greulicher Lust über der gefallnen Beute und warf sprühnden Schaum in die Augen derer, die sie ihm zu entreißen suchten. Der Fremde stand am Ufer, bebend vor Frost. Er wollte nicht ins Schloß, aber mit einem Kahn in die empörten Wogen. »Wollen Sie sich selbst ums Leben helfen?« sagte der alte Verwalter. »Mich dünkt, an einem ist es genug.« – »O Gott!« rief der Fremde schmerzlich, »ich habe ihn so beredet; er wollte nicht von seiner alten Mutter, die sich vor dem Gewitter fürchtet. Um Gottes willen, einen Kahn, einen Kahn!« – »Einen Kahn können Sie nicht kriegen, wir haben keinen«, sagte der Verwalter. Der Fremde hielt ihm eine Laterne hoch vors Gesicht, und wie er ihm in dem falschen Schein zu lachen schien, faßte er ihn wie wütend an die Brust und rief: »Einen Kahn, oder ich werfe dich auch ins Wasser.« Der Verwalter blickte ihn fest an und sagte: »Wir haben keinen.« Der Fremde sprach sehr zweifelnd und verwirrt: »Wie seid Ihr denn hergekommen?« – »Über die Brücke dort«, versetzte der Verwalter. »Eine Brücke«, sagte der Fremde wie gelähmt, ließ ihn los und gesellte sich in höchster Angst zu den Suchenden. »Hier habe ich etwas«, rief einer und warf ein weißes Ding ans Ufer, was man als die Mütze des Verlornen erkannte. Man suchte hier emsiger, aber die Haken fuhren vergebens durch das schäumende Wasser. »Wir finden ihn nicht«, rief ein andrer, ermattet in der frucht- und fast zwecklosen Arbeit, »das Wetter ist zu toll.« – »Das Wasser gibt ihn auch nicht her«, rief wieder einer, »es hat in diesem Jahr noch kein Menschenfleisch gehabt.« – »Nicht?« versetzte ein andrer, und der Fremde sah mit Schrecken, wie nach dieser Bemerkung aller Eifer sichtbar erlosch. Er bot Geld über Geld, und man fuhr ihm zu Gefallen fort zu suchen, aber so mutlos, daß man bald nur noch zum Anschein mit den Stangen und Haken ins Wasser klatschte.

Therese hatte indessen das Fenster nicht verlassen. »Ich höre nichts«, sagte sie jammernd zu Ledwina gewandt, die sie zum Schrecken halb angekleidet und im Begriff aus dem Bette zu steigen sah. Sie schloß das Fenster schnell und drängte die zitternde Schwester in das Bett zurück, worin sich diese jedoch bald ergab mit dem Beding der schnellsten Mitteilung aller Nachrichten. Therese versprach alles und meinte mit ihrem Gewissen wohl auszukommen. Sie hatte sich mit großer Kraft gefaßt und redete jetzt viel Tröstliches, geistlich und irdisch, zu Ledwina, daß diese endlich ganz stille ward und in der höchsten Ermattung wieder einschlief. Dann ging sie, um ein warmes Zimmer und Bette für den Fremden zu besorgen, der endlich nach mehrern Stunden durch und durch erfroren und innerlich bebend einzog. Dann legte sie sich selbst nieder, ob der Morgen ihr vielleicht noch ein'ge Erholung schenken wolle, da der Tag sie wieder in ihrer ganzen Kraft forderte, nachdem sie eine Zofe neben Ledwinens Gemach gebettet hatte.

*

Es hatte sieben geschlagen, als Minchen auf den Zehen in die Kammer schlich und das Fräulein ihr schon völlig gekleidet entgegentrat.

»Was gibt's, Minchen?« sagte sie bewegt und heftete die letzte Nadel. »Der fremde Herr ist ganz munter«, antwortete das Mädchen. »Aber der Bote?« fragte Ledwina. »Das weiß Gott«, versetzte Minchen, und beide schwiegen. »Man brauch sich nicht viel Gutes zu denken«, sagte Minchen dann und fing bitterlich an zu weinen. Ledwina sah starr vor sich nieder und fragte: »Weiß man nicht, wer es gewesen ist?« »Freilich wohl«, versetzte das schluchzende Mädchen, »es ist ja der Klemens von der alten Lisbeth; o mein Gott, was soll sich das arme alte Mensch haben!« und weinte ganz laut. Ledwina setzte sich auf das Bett und legte das Gesicht in die weißen Kissen, dann erhob sie sich schneeweiß und sagte: »Ja, Gott muß es wissen«, nahm ihr Schnupftuch vom Tische und ging langsam hinaus. Im Wohnzimmer war alles um das Frühstück versammelt, da Ledwina hereintrat. Der fast zu blendend schöne Fremde stand auf und verbeugte sich. Karl sagte vornehm und höflich: »Das ist meine älteste Schwester«, und zu Ledwinen: »Der Graf Hollberg.« Man saß wieder um den spendenden Tisch, und das Gespräch ging etwas gedrückt fort über allerhand Göttinger Vorfälle, als einzig bekanntem Berührungspunkt der beiden.

»Fräulein Marie, nehmen Sie sich in acht«, sagte der Fremde ernst aus dem Gespräche zu Marien gewandt, die ein geöffnetes Federmesser wiederholt an den Mund hielt, um den Stahl zu prüfen. Marie ward rot und legte das Messer hin.

»Ganz recht, Marie heißt sie«, sagte die Frau von Brenkfeld höflich lächelnd.

»Ich glaube, ich werde Sie alle zu nennen wissen«, versetzte der Graf lebhaft und sandte die leuchtenden Augen durch den Kreis,

»Steinheim ist ein getreuer Maler; glauben Sie wohl, daß ich Sie sämtlich sogleich wiedererkannte?«

»Sie haben Steinheim viel gesehn«, sagte Karl.

»O sehr«, versetzte Hollberg rasch, »in dem letzten Jahre täglich oder vielmehr fast den ganzen Tag. Ich habe sogar ihm zu Gefallen ein mir sonst ganz unnötiges Kollegium mitgehört.« Karl lachte ganz trocken.

»Solange Sie dort waren«, fuhr der Graf fort, »konnte man freilich nicht so recht an ihn kommen, denn sein Herz ist wohl für mehrere Abwesende, aber immer nur für einen Gegenwärtigen offen. Ich hatte keinen Vorwand, ihn zu besuchen, und auf unsern Commercen erschien er gar nicht. Aber jetzt«, fuhr er mit einem blitzenden raschen Blicke fort, »jetzt glaube ich, weder mich noch andre zu täuschen, wenn ich sage, wir haben uns beide sehr lieb.« – »Ich habe ihn gleich so liebgewonnen, seit ich ihn zuerst in der Bibliothek traf. Er saß am Fenster und las im ›Kaufmann von Venedig‹ von Shakespeare, ein Stück, was mich damals verkehrterweise nicht so ansprach wie die übrigen Werke dieses Riesen; denn«, fuhr er kindlich lachend fort, »ich muß leider immer eine kurze Weile die Livree der Zeit tragen, und so glänzte ich damals in der wildromantischen, donnergrau mir Schlangen und Dämonen gestickt; ich mag mich herrlich ausgenommen haben!«

Er blickte vergnügt umher und in das verlegne Gesicht der Frau von Brenkfeld, die durchaus keine Antwort hierauf wußte, er nickte dann freundlich und sagte: »Ja gewiß, meine gnädige Frau, in N. ist einmal eine Staatslivree gewesen, da legten die Leute den Kopf beiseite, zogen herdeweis in die Wälder und suchten statt der Pilze Offenbarungen aus der Geisterwelt, da bin ich mit beigewesen, und deshalb stand mir auch der ›Kaufmann von Venedig‹ nicht an, da gibt's nicht den mindesten Schauer. Ich machte mich also an den Lesenden und wollte recht mit meinem Urteile glänzen, aber ein spanisches Sprichwort sagt: Mancher geht aus zu scheren und kommt selber kahl wieder; nun sagen Sie mir, meine beste gnädige Frau, wie kann man bei sonst unbestechlichem Verstande von Zeit zu Zeit so komplett irrsinnig sein?«

Karl suchte sich mit Lachen auszuhelfen und sagte: »Steinheim schreibt recht fleißig von Ihnen. »Wissen Sie auch, wie ich heiße?« sagte die Frau von Brenkfeld in Verlegenheit, das Ungehörige ihrer Frage nicht bedenkend. Der Fremde ward rot und sagte: »Sie meinen, gnädige Frau?« Dann sah er nieder und sagte mit bescheidener Stimme: »Feiern Sie nicht Ihr Namensfest am 19. November?« – »Ganz recht«, versetzte Frau von Brenkfeld, »ich heiße Elisabeth.« – »Die drei Fräulein«, fuhr der Graf fort, »werden sich Fräulein Therese und Marie nennen. Der Name der dritten ist nur schwer zu behalten, und ich fürchte, ihn zu verfehlen; es muß beinah wie Lidwina oder Ledwina klingen.« – »Völlig wie das letztere«, sagte die Mutter und blickte auf Ledwina, und der Graf neigte lächelnd und freundlich gegen sie, die es jedoch nicht bemerkte, da sie eben an die Freude Theresens dachte, der sie so gern diesen milden Öl in die, wie sie meinte, noch wogende See gegönnt hätte.

»Können Sie mir nicht sagen«, sagte Karl, »wann Steinheim hieher kommen wird?« – »Gewiß so bald wie möglich«, versetzte der Graf mit einem langen, sprechenden Blicke. Karl zog die Lippen und sagte: »Ich habe eine kleine Reise vor, so möchten wir uns verfehlen, aber ich schiebe oder gebe sie auf, nachdem es fällt.« »Eine Reise, wohin?« fragte Ledwina verwundert, und Karl versetzte kurz und verdrießlich: »Auf den Harz vielleicht«, und dann zum Grafen: »Wir hofften Sie zugleich hier zu sehn.« Der Graf sagte freundlich, indem er die schwarzen Locken aus der breiten Stirne schüttelte: »Sehn Sie, wie gut Steinheim es mit mir meint; aber ich muß selbst wissen, was ich wagen darf. Wenn Sie mir nun den Stuhl vor die Tür gesetzt hätten –« Die Frau von Brenkfeld wollte höflich einfallen, aber der Graf fuhr fort: »Mir ist eine liebe Freude verdorben: ich wollte meine Schwester zu ihrem Geburtstage überraschen; daher der unglückliche Gedanke, die schöne Nacht zu Hülfe zu nehmen.« Dann wurde er plötzlich finster, stand auf und ging hinaus.

»Wie gefällt dir der?« sagte Frau von Brenkfeld, wie aus tiefer Beklemmung aufschauend, zu Ledwina. Diese schüttelte seltsam lächelnd das Haupt und sagte: »Ich weiß noch nicht, aber ganz eigen.« »Er hat etwas Kindisches«, fiel Karl ein, »aber das bringt seine Krankheit mit sich.« – »Ist er krank?« sprach Ledwina gespannt, »er sieht ja ganz frisch aus, beinah zu frisch.« – »Ach Gott, was wollte er frisch aussehn«, versetzte Karl, »es hat mich recht erschreckt, wie ich ihn sah. Bei meinem Aufenthalt zu Göttingen war er immer leichenblaß; er hat deshalb lange Pallidus geheißen, bis die Sache sich endlich nicht mehr für den Scherz eignete, aber jetzt –« Karl schwieg ernst und fuhr dann fort: »Ich denke, wie wir einmal einen guten Commerce in Ulrichs Garten hatten und, da mehrere aus uns Sträuße wilder Blumen im Gehn pflückten, einer endlich die Frage aufwarf, was eigentlich die sogenannte Totenblume sei, da viele die dunkelrote Klatschrose, andere den hellroten Widerstorz und noch andre nur gelbe, hohe Blumen so nennen; wie er da so wehmütig sagte: ›Mir scheint die hellrote diesen Namen vor allen zu verdienen, das Hellrot ist doch die rechte Totenfarbe. Lieber Gott, wie schön können die Totenblumen blühen, so kurz vor dem Abfallen!‹ Dann blieb er zurück und war den ganzen Abend still, denn sein Vater hat mit der schönen, geistreichen Mutter, gegen den Willen aller Verwandten, die Auszehrung in die Familie geschleppt.«

»Das finde ich wahrhaft schlecht, du wählst harte Ausdrücke, Karl«, sagte Therese, die seit den letzten Minuten wieder gegenwärtig war, »es ist wahrhaft genug Schlechtes in der Welt, man brauch mit dem Worte nicht so zu wuchern.« Karl sagte beleidigt und deshalb kalt: »Vielleicht kann ich es nach seiner Persönlichkeit auch verrückt nennen; ich müßte dann annehmen, daß er in einer fixen Idee sie für gesund hielt. Mich mindestens würde die heftigste Leidenschaft nicht verleiten, mein ganzes Geschlecht wissentlich zu vergiften.« Therese, die Hollberg aus begreiflichen Gründen sehr wohlwollte, sagte diesmal rasch und ganz unüberlegt: »Wenn er aber nun außerdem gar nicht lieben und deshalb auch nicht heiraten kann?« Karl blieb stehen, sah sie spöttisch an, klopfte dann mit dem Finger sacht an ihre Stirn und sagte mit Nachdruck: »O, du blinde Welt, wie stolperst du im Dunkeln!« Therese bog die Stirn unwillig zurück, aber sie sagte nichts, denn es ärgerte sie unglaublich, grade jetzt etwas Albernes gesagt zu haben, noch mehr Ledwina, die im Grunde die Schwester nicht allein an Herz und Gemüt reicher, sondern auch in ihrer klaren Umsicht im ganzen für klüger hielt als den kenntnisreichen, kräftigen, aber in seinem oft übertriebenen Selbstgefühl beschränkten Bruder. »Dem sei, wie ihm wolle«, fuhr Karl ernst fort, »genug, die ganze Familie ist vor lauter

Geist und Schwächlichkeit ausgebrannt wie ein Meteor, bis auf ihn und eine Schwester, denen die Totenblumen auch bereits auf den Wangen stehn. Der arme Junge hat feine Bemerkungen genug machen können. Ihm ist der Tod schon oft recht hart ans Herz gefallen, und jetzt sitzt er ihm gar mittendrin.«

Es pochte an die Tür, und ein Ackerknecht trat auf den Socken herein. »Ihr Gnaden«, hub er an, »der fremde Herr frägt nach Leuten im Dorfe, die ihm für Geld und gute Worte den Klemens suchen sollen. Wenn das so sein soll, dann muß das geschehn, aber finden tun sie ihn nicht, das Wasser ist zu lang, der mag schon wohl zehn Stunden weit sein.« – »Ich will mit dem fremden Herrn sprechen«, sagte die Frau von Brenkfeld, »geht nur«, und wie der Knecht hinaus war, sah sie ihre Kinder schweigend an und sagte dann: »Die entsetzliche Unruhe! Ich glaube, wir vertragen uns nicht lange.« Dann ging sie hinaus, dem Grafen Vorstellungen zu machen.

Karl sah ihr nach und sagte dann peinlich lachend: »Es freut mich nur, daß dieser Aufenthalt nicht mir gilt, ich habe das alles gefürchtet. Hollberg ist doch sein ganzes Leben verwöhnt worden. Es waren wohl unsrer viere, denen er gefiel. Wir hatten uns vorgenommen, einen ordentlichen flotten Suitier aus ihm zu machen. Er gab sich auch recht gut zu allem, aber mitten im besten Commerce konnte ihn plötzlich etwas meistens ganz Unbedeutendes so tief und seltsam ergreifen, daß er uns die ganze Lust verdarb mit seiner wunderlichen Stimmung; das ist zuweilen interessant, aber immer ungeheuer unbequem, zudem konnte er nie einen rechten Begriff vom Studentenleben fassen und blieb bei Zusammenkünften fein wie unter Philistern, bei

Ehrenpunkten arglos und zutraulich wie unter Brüdern und hätte können die ärgsten Händel haben, aber jeder kannte und schonte ihn.« – »So ward er wohl sehr geliebt?« fragte Therese. »O doch«, versetzte Karl, indem er seinen verlegten Tabaksbeutel in der Stube umsonst suchte, »zudem ist zugleich arglos und nobel sein wohl der sicherste Weg zu allgemeiner Berücksichtigung, es gibt so etwas Prinzenhaftes.«

Therese wandte sich zu Ledwine: »Es ist doch etwas Eigenes um das angeborene Vornehme.« – »Es darf viel wagen«, versetzte Ledwina, »solange es nur an äußeren Formen, die das innre Ehrgefühl gar nicht nennt, und auch die nur arglos verletzt.« – »Jawohl«, sagte Therese, »dann ist es mir aber auch lieber als Schönheit; – nicht allein beim Manne«, fuhr sie freundlich sinnend fort, »auch für mich selber würde es meine Wahl treffen.« – »O, freilich«, versetzte Ledwina, und Karl, der wieder zu ihnen trat, sagte: »Ich möchte mich indessen nicht so berücksichtigt sehen; es erinnert doch immer etwas an die Achtung für die Frauen.« Therese sah unwillig auf; dann begann sie erst leise, dann immer herzlicher zu lachen. »Es ist doch häßlich«, sagte sie, sich vergebens zu bezwingen suchend, »daß man so albern lachen muß.«

Die Mutter trat mit dem Grafen herein. »Sie sehn das wohl ein«, sagte sie eben. – »Ganz gewiß«, versetzte derselbe und sah glühend um sich, »die gnädige Frau haben zu befehlen, es ist mir nur um der Mutter willen.« – »Die Mutter«, sagte Frau von Brenkfeld, »wird den Anblick der Leiche nach einigen Tagen vielleicht besser ertragen wie jetzt, wenigstens hoffe ich es.« – »Ich glaube es nicht«, erwiderte der Graf bewegt, »sie kann sich nicht trösten, sie hat ja nichts gehabt wie den Sohn.« Frau von Brenkfeld sprach ernst: »Sie irren; wir alle dürfen nicht bestimmen, wieviel ein wahrhaft christliches und starkes Gemüt aus den niedern Ständen, vor allem eine Frau, zu tragen vermag, so wenig wir die ununterbrochne Kette von Sorgen und Entsagungen ahnden, aus denen ihr Leben fast immer besteht; glauben Sie mir, was man so sieht, ist nichts.« Der Graf hob das brennende Antlitz und sagte: »Wie, meine gnädige Frau? Ach, verzeihn Sie!« Er schwieg ein'ge Sekunden wie betrübt, dann fuhr er fort: »Denken Sie, wie ihn das Wasser zurichten wird. Die alte Frau geht gewiß immer an den Strom, bis er ihn ausgespien hat, und dann kennt sie ihn nicht.« Er stand hastig auf, sagte nochmals »Verzeihn Sie« und ging hinaus.

Die Frau von Brenkfeld sah ihm verwundert nach und sagte dann: »Ist das Krankheit oder Eigensinn?« – »Beides«, entgegnete Karl phlegmatisch, und so ging das Gespräch fort zwischen Menschen, die man gut nennen mußte, in scharfen Strichen, oft ungerecht, immer verfehlt, über ein Gemüt, das man nicht leise genug hätte berühren können und das bei der durchsichtigsten Klarheit dennoch an ewig mißverstandenen Gefühlen verglühen mußte.

Frau von Brenkfeld sagte eben: »Ich sehe täglich mehr ein, wie dankbar ich Gott dafür sein muß, daß ich zwischen sieben Schwestern geboren bin, und zwar so recht mitten in, weder die älteste noch die jüngeste«, als Marie angstvoll hereineilend rief: »O Mutter, der Graf sitzt auf den Altan und ist schneeweiß.« – »Mein Gott«, sagte Frau von Brenkfeld, »sollte ihm unwohl werden?« – »Jawohl«, versetzte Marie, »er hat den Kopf auf den steinernen Tisch gelegt und sah mich gar nicht.«

Man eilte hinaus, der Graf wollte noch mit einigen mühsamen, verwirrten Worten seine offenbare Schwäche verleugnen, aber die Sinne schienen ihn immer mehr zu verlassen, und bald ließ er sich geduldig und unter Anstrengung seiner letzten Besinnung, noch etwas Beruhigendes zu sagen, zu seiner Stube mehr tragen als führen. Nach einer halben Stunde zeigte sich entschieden ein heftiges Fieber, und der Vormittag verging unter angstvoller Erwartung des Hausarztes, nach dem man sofort geschickt hatte.

*

»Was sagen Sie zu dem Kranken?« fragte Frau von Brenkfeld den wieder Hereintretenden. Der Doktor Toppmann langte langsam seinen Hut vom Spiegeltische neben den Blumentöpfen, und putzt bedächtlich ein wenig Blütenstaub mit dem Ärmel herab. Dazu sagte er: »Nicht viel; ich kenne seine Konstitution zu wenig, und ich kann nicht mit ihm sprechen, da er ganz irre ist.« – »Mein Gott, seit wann?« rief Frau von Brenkfeld; »davon weiß ich ja nichts.« – »Es soll auch früher nicht gewesen sein«, entgegnete der Doktor, »erst seit er jetzt erwacht ist.« – »Das ist ja höchst traurig«, versetzte Frau von Brenkfeld heftig, »er wird doch, um Gottes willen, nicht gar sterben können?« Der Doktor Toppmann schnitt seine seltsamsten Gesichter und sagte: »Wir können alle sterben; übrigens muß man so etwas nicht eher denken, bis das Gegenteil unmöglich ist.« – »Keineswegs«, fiel Therese ein, »ich bitte sehr, täuschen Sie uns hierin nicht.« Toppmann kniff das linke Auge zu und fragte: »Warum denn das?« – »Man ist doch sorgsamer«, versetzte Therese; »man weiß doch auf jeden Fall, was man zu tun hat.« – »Was hat man denn zu tun?« fragte Toppmann. »Ach Gott«, entgegnete Therese, »wir haben noch tausend andre Gründe, bleiben Sie doch bei der Sache!« Toppmann schwieg ein Weilchen, dann sagte er ernst und zu allen Anwesenden gewandt: »Ich weiß, Sie werden nichts versäumen, was in Ihren Kräften und Wissen steht; deshalb halten Sie die Stube kühl, aber vor allem ohne Zugwind, und sorgen Sie ja, daß die Arznei ordentlich genommen wird; auch darf der Patient vorerst nicht allein gelassen werden. Morgen früh komme ich wieder, wenn nichts Besonderes früherhin vorfällt.« Er machte eine Verbeugung und wollte fortgehn, dann wandte er sich um und sagte: »Notabene, nähern Sie sich ihm nicht mehr als unumgänglich nötig, die Sache könnte leicht nervös sein.« Er verbeugte sich nochmals und ging hinaus.

Karl sagte: »Ich glaube, ich kann mich gelegentlich noch jedes Worts erinnern, was ich den Toppmann mein lebelang habe reden hören, das macht das unvergeßliche Mienenspiel, dem die Worte wie angegossen sind, oder vielmehr umgekehrt.« – »Er redet wohl auch überall sehr wenig«, versetzte die Mutter, »heute war er nach seiner Art recht los.« – »Therese hat ihn auch ehrlich geschraubt«, entgegnete Karl und sah nach Theresen, die eben mit den Zeichen der äußersten Unruhe das Zimmer verließ. Karl fuhr fort: »Ich habe mir mal eine Sammlung von den verschiedenen Abarten seines Grundgesichts machen wollen, vorzeiten, eh ich nach Göttingen ging, und machte deshalb einen Strich auf ein dazu bestimmtes Papier, sooft ich etwas Neues zu entdecken glaubte, verwirrte mich jedoch dermaßen, daß ich es nur bis auf etwa vierzig bringen konnte, und ich muß gestehn, daß dies scharfe Merken auf allerhand Verzerrungen in Phantasie und Wirklichkeit, dem ich mich hiedurch nach und nach mit wahrer Leidenschaft ergab, mir endlich anfing eine Schwäche und solche dumpfe Zerstreutheit zuzuziehn, daß ich dies für eine der gefährlichsten Beschäftigungen halte. Ich begreife nur nicht, wie die Karikaturmaler vor dem Tollhause vorbeikommen.«

»Es ist eine alte Erfahrung«, versetzte Frau von Brenkfeld, »daß dergleichen Künstler, die Satiriker in Literatur und Leben und die berühmtesten Buffonen der Theater mit eingerechnet, gewöhnlich mindestens sehr hypochondrisch sind.«

Ledwina hatte sich unter diesen Gesprächen leise hinaus und ins Freie geschlichen, um einen sie überwältigenden so körperlichen als geistigen Druck zu verhehlen, vielleicht zu lindern. Es zog sie gewaltsam zu dem Ufer des Flusses, als sei noch etwas zu retten, und tausend wunderbare Möglichkeiten, die nur für sie so heißen konnten, tanzten in greulichen Bildern um ihr brennendes Haupt. Bald sah sie den Verlornen, wie ein Dornstrauch das blasse Gesicht noch an einem Teile seines Haares über dem Wasser erhielt, während der andere vom Haupte gerissen an den schwankenden Zweigen des Strauchs wehte; seine blutenden Glieder wurden in grausamem Takte von den Wellen an das steinichte Ufer geschleudert. Er lebte noch, aber seine Kräfte waren hin, und er mußte harren in gräßlicher Todesangst, bis der Wellenstoß das letzte Haar zerrissen. Bald ein anderes gleich gräßliches und angstvolles Gesicht. Sie schmiegte sich leise an der Mauer her unter dem Fenster, wo ihre Mutter saß, aber die sah weder auf noch um sich, sondern redete rasch und angelegentlich mit Karin über allerhand

Dinge, die ihr durchaus gleichgültig waren, um die Verstimmung zu verbergen, die sich ihrer seit der Ankunft des Grafen unwiderstehlich bemächtigt hatte und durch den Bericht des Arztes auf einen Grad gestiegen war, den sie selber als Unrecht fühlen mußte. Der arme Klemens war gewiß der Grund dessen, was in dieser Stimmung von wahrem Kummer lag; außerdem gehörte zu der festen Ordnung ihres Hauses eine übertriebne Angst und fast kindisches Hüten vor aller Ansteckung, und in der Frau von Brenkfeld nahm demnach eine leise Abneigung und feststehende Ungerechtigkeit gegen den Grafen Platz, der ihr zu aller Sorge und Not ihr reines Haus zu verpesten drohte, und auf den sein freilich schuldloser Anteil am Tode des guten Burschen schon gleich einen leisen Schatten geworfen hatte, den sie damals nicht in seinem Grunde oder überhaupt nicht genug fühlte, um ihn zu verwischen. Sie war jedoch auch jetzt billig genug, etwas Ungerechtes in sich zu beachten, und hätte nach ihrer tiefen, verborgenen Güte jetzt um keinen Preis über ihn urteilen oder auch nur von ihm reden mögen. Mit Karln stand es ebenso, nur aus andren Gründen, und es hätte für einen Beobachter höchst unterhaltend sein müssen, ein beiden Teilen so völlig langweiliges Zwiegespräch dennoch mit so großer Lebhaftigkeit und oft so anziehenden Bemerkungen sich bewegen zu hören.

*

Eine Kutsche rasselte über die Zugbrücke, und sechs langgespannte Goldfüchse trabten auf den Vorhof.

»Bendraets!« sagte Karl. »Ich desertiere«, versetzte seine Mutter, über und über rot vor Unmut, und ging, diese jederzeit unwillkommenen Gäste zu empfangen. Die beiden kleinen geschminkten Fräulein waren schon am Arme des langen Referendarius, wie der junge semper freundliche Herr von Türk überall in der Gegend genannt wurde, ins Haus gestrichen, um, wie sie sich ausdrückten, Ledwinchen und Thereschen ein bißchen mobil zu machen, als ihre Mutter, langsam aus dem Wagen steigend, den Gruß der Frau von Brenkfeld erwiderte.

Die Frauen nahmen den Sofa ein, und das Auge der Hausfrau ruhte immer gemilderter auf den welken, wehmütigen Zügen der Nachbarin, die auf ihre Nachfrage mit verlegener Leichtigkeit erzählte, daß ihr Mann und ihre Söhne zu einer kleinen Jagdpartie nebst dem jungen Warneck ausgezogen, jedoch gegen Mittag in diese Gegend kommen und alsdann vorsprechen würden. Mitleiden mit der immer Gedrückten ließ die Frau von Brenkfeld sehr gütig antworten, und ein sanftes, leises Gespräch begann zwischen den beiden Frauen, die sich so gern gegenseitig getraut hätten und es doch nie konnten, da vielfach drückende Familienverhältnisse eine gute arglose Seele zwingen, ihr Heil in der Intrige zu suchen. Die Rede fiel auf den Baron Warneck, den seit einigen Monden von mehrjährigen Reisen zurückgekehrten Besitzer der benachbarten Güter.

»Es ist ein Mann von vielem Verstande«, sagte die Frau von Brenkfeld. »Gewiß, von ganz vorzüglichen Gaben«, versetzte die Bendraet, »und sehr brav.« – »Meinst du damit mutig oder rechtlich?« – »Eigentlich das letztere«, lächelte die Bendraet, »doch glaube ich es in beidem Sinne.« – »Wir kennen ihn wenig«, versetzte die Brenkfeld, »doch denke ich gern alles Gute von ihm. Mein Karl ist neulich herübergeritten wegen kleiner Jagdverstöße und rühmt seine Billigkeit und nachbarlichen Sinn. Die Besitzer von Schnellenfort sind immer sehr interessant für uns; unsre beiderseitigen Besitzungen und Rechte durchkreuzen sich auf eine unangenehme Weise. Gott gebe ihm eine gute friedliche Frau«, fügte sie bedeutend hinzu. »Was meinst du«, sagte die Bendraet fixierend, »man spricht von der Claudine Triest.« – »So?« versetzte Frau von Brenkfeld lächelnd, »ich denke, man spricht von der Julie Bendraet.« – »Er hat uns doch keinen Grund gegeben, das zu glauben«, versetzte die Bendraet errötend, »im Gegenteile scheint er eher ein kleine Vorliebe für Elisen zu verraten, aber auf jeden Fall« – sie stockte und faßte die Hand der Freundin – »es ist eigentlich lächerlich, in solchen Dingen abzusprechen, eh man um seine Meinung gefragt wird, aber in jedem Falle würde sich Elise auch schwerlich für Warneck bestimmen. Der Baron hat sich zu gern und viel herumgetrieben, um je ruhig zu werden. Er muß eine lebhafte und lebenslustige Frau haben, die die Mühe und die Begeisterung seiner Liebhabereien mit ihm teilt. Das wär' nichts für mein Hausmütterchen. Der gebe Gott«, fügte sie weich hinzu, »ein stilles, häusliches Los, wo sie es nicht empfindet, daß sie weniger hübsch und lebhaft ist als Julie.« Frau von Brenkfeld drückte sanft die Hand der Redenden, und diese fuhr lebhafter fort: »Aber daß ich dir mit gleicher Münze bezahle, den guten Türk habe ich wohl recht glücklich mit der kleinen Tour hieher gemacht. Sein volles Herz ergießt sich täglich in den schönsten Gedichten zu Ehren Ledwinens.« – »So, dichtet der?« lachte die Brenkfeld. »O doch«, versetzte die Frau von Bendraet, »sehr artig, und ich glaube wirklich, er zieht jetzt auf der Freite umher.« – »Aber für Ledwinen paßt er nicht; die ist zu sanft für ihn. Solange Türk nicht besser zu leben hat, paßt er für keine seinesgleichen.« – »Er hat doch ein Gut«, sagte Frau von Bendraet. »Ach liebes Kind, nenne es doch lieber einen Bauernhof. Die kleinen ritterlichen Freiheiten werden es nicht sehr verbessern.« – »Er wird gut angestellt werden«, sagte die Nachbarin. »Wir wollen es hoffen, aber er hat noch Zeit bis dahin; der Referendariusposten ist noch nicht bedeutend.« Die Bendraet errötete sehr und sprach: »Er ist munter und artig, er kann gefallen. Soll denn eine Mutter ihrer Kinder Glück und Fortkommen verhindern und der Familie ein Haus voll unversorgter Töchter hinterlassen? – zwar«, unterbrach sie sich, »deine Töchter sind präbendiert, allein den Vorteil hat nicht jede Familie.« »Auch in dem entgegengesetzten Falle«, versetzte die Brenkfeld, »ist der Entschluß, eine Tochter zu unterhalten, besser, als die Wahrscheinlichkeit, dereinst auf mehrere Generationen an den trostlosen Umständen ihrer Nachkommen vergebens zu flicken. Sie ist ja auch nicht gesund«, sagte die Frau von Brenkfeld mit kämpfendem Tone. »O doch«, versetzte die Bendraet rasch und ängstlich; »ich denke, sie bessert sich sehr und sieht viel wohler aus.«

Beide schwiegen eine kleine Weile, dann sagte die Frau von Brenkfeld: »Du hast sie ja kürzlich nicht gesehn.« – »Ich habe es aber gehört«, versetzte die Bendraet, »von dem schwarzen Musikmeister zu Erlenburg; der sagte neulich, sie sähe schöner und wohler aus wie je.« »So, der Wildmeister?« sagte die Frau von Brenkfeld und ward noch trüber; dann fuhr sie rasch und gefaßt fort.

Der lange Referendarius und Julie unterbrachen dieses Gespräch. Der Lange erzählte, Fräulein Therese sei so eifrig am Kochen und Braten für den Unglücklichen, daß ihr keine Rede abzugewinnen gewesen sei, und Fräulein Elise habe der Freundin ihre schönen Pflichten erleichtern wollen und sei deshalb bei ihr zurückgeblieben.

Die Frau von Brenkfeld erzählte jetzt die Geschichte der vorigen Nacht. Die Bendraet wunderte sich, daß sie ihrer noch nicht erwähnt.

»Ich unterhalte meine Gäste nicht gern mit unangenehmen Dingen«, versetzte die Hausfrau. »Herr von Türk«, rief Julie von Theresens Stickrahmen, bei dem sie sich gesetzt, »Sie müssen der Frau von Brenkfeld Fehde ankündigen, sie nennt einen jungen schönen Mann ein unangenehmes Ding.« Frau von Brenkfeld sah ernst aus, und Türk wußte sich nicht zu nehmen. »Verdirb nur nichts, liebes Kind«, rief die Mutter. »Gott bewahre«, versetzte Julie, »ich werde mich nicht daran wagen.«

Nun stand sie auf und begann, den armen Türk mit oft fadem, oft treffendem Witze aufs unbarmherzigste zu schrauben, wobei sie öfters auf leichtsinnig unehrerbietige Art die beiden Frauen hineinzog und dadurch den Langen, der es gern mit der ganzen Welt gut stehen hatte, sehr ängstigte.

Therese stand indes wie auf Kohlen vor der Tür des Kranken, dem sie eben ein Glas Limonade hineingesandt, und suchte leise mit den besten Worten Elisen fortzubringen, die von einer Türritze zur andren trat, um eine Ansicht des Fremden zu erlauschen.

»Elise«, sagte Therese, »der Bediente wird heraustreten und dir die Tür vor die Stirn stoßen.« – »Ich bitte dich«, flüsterte Elise, »suche einen Vorwand, mich hereinzubringen.« – »Mein Gott, wie kann es dergleichen Vorwand geben«, versetzte Therese und vertröstete sie auf Karln, der drinnen sei und ihr alles erzählen solle.

Nun wollte Elise aufpassen, wann Karl herauskomme. Therese ward ungeduldig und ließ Karln durch einen Bedienten herausrufen. Er erschien verstimmt und eilig, grüßte Elisen flüchtig, gab schnellen, kurzen Bericht und trat in das Krankenzimmer zurück. Elise schien beleidigt oder verlegen, verließ die Tür mit Theresen, und sie gingen zur Gesellschaft.

Elise setzte sich sogleich an Theresens Stickrahmen und arbeitete eifrig. Türk machte ihr die schuldigen Komplimente über ihren Fleiß und mußte für jedes eine Spötterei von Julien einstecken. So verging der Morgen. Man vermißte plötzlich Ledwinen und tröstete sich, da man wußte, sie sei spazieren. »Unsre Herrn bleiben aus«, sagte die Frau von Bendraet eben, da rief Marie: »Sieh, Mutter, ein Reuter!« – »Das ist mein Mann«, sagte die Bendraet. »Und noch einer«, rief Marie, »und noch einer«, sagte sie mit Nachdruck. »Es wird noch einer kommen, liebes Kind«, sagte die Bendraet und wandte sich entschuldigend zur Hausfrau.

Die Ankommenden stiegen von den Pferden. Herr von Bendraet küßte der Hausdame mit vielen höflichen Reden die Hand. Baron Warneck brachte noch auf dem Hofe etwas an seinen Stiefeln in Ordnung, wobei Junker Klemens Bendraet nicht unterließ, ihm die Sporen unter die Sohlen zu drehen.

»Mach kein dummes Zeug«, sagte sein Bruder, aber Warneck lachte, brachte alles in Ordnung, und man trat ein. Jagdgeschichten und Politik kamen zur Sprache, und der Mittag war da, ersehnt und doch unerwartet.

Therese hatte schon die Tür des Speisesaals, in dem die Gesellschaft bereits die englischen Kupferstiche an den Wänden musterte, geöffnet, als sie umschaute, weil sie Ledwinens Tritte auf der Treppe vernahm. Sie wollte hastig umkehren, denn glühend und erschöpft ließ sich soeben die Schwester auf eine der Stufen nieder, aber jene winkte rasch bittend mit der Hand, und Therese trat in die geöffnete Tür. Nicht lange, so erschien auch Ledwina, und man setzte sich zu Tisch. Elise wollte sich durchaus neben Ledwinchen setzen, aber Therese zog sie zu sich hinüber.

»Du sollst mir vorlegen helfen«, sagte sie, und dies war Elisen auch sehr recht.

Tischgespräche begannen und stockten wieder. Herr von Bendraet sprach von einer Reise, die er vorhabe.

»Wenn ich einmal das große Los gewinne«, rief Julie, »so will ich immer reisen; ich kann mir kein größeres Glück denken.« – »Ich glaube«, versetzte Elise, »daß das gar zu viele Reisen Frauenzimmern nicht gut tut und sie unstet und unzufrieden im Hause macht; ich will lieber zu Hause bleiben und lasse mir andrer Leute Reisen erzählen. Ach, wie schön hat uns Baron Warneck nicht gestern unterhalten! Sie müssen auch vieles erzählen können, Herr von Brenkfeld.« – »Hat Ihnen Warneck öfters erzählt?« fragte Karl. »Ich mag nicht daran denken, wie oft wir oder eigentlich ich den Herrn von Warneck schon belästigt haben. Wirklich, je weniger ich selbst zu sehn hoffe und wünsche, je weniger kann ich mir den Ersatz einer lebhaften

Beschreibung versagen.« – »Der Warneck ist ein gequälter Mann«, lachte Julie, »ich fürchte immer, er bleibt noch ganz fort, denn was der für Anfechtungen von der Elise zu erleiden hat!«

Elise sah scharf aus, und Karl sagte: »Wenn Ihnen Warneck viel erzählt hat, so sind meine kleinen Erfahrungen brodlos; denn er hat dieselben Gegenden beachtet und durchsucht, die nur an mir vorübergeflogen sind wie in der Laterna magica.«

Er neigte sich zu Warneck, der aus dem Gespräche mit Louis Bendraet auflauschte, da er seinen Namen nennen hörte. »Ich sage, Sie haben nicht nur viel mehreres, sondern auch alles jene gesehn, wovon ich erzählen könnte.« – »Auf die Weise«, versetzte Warneck, »würden uns die vielen Reisebeschreibungen eben von jenen Gegenden gewiß nichts übriggelassen haben. Es sind die verschiedenartigen Ansichten und Empfindungen, die kleinen Unfälle und Begebenheiten der Reise, die eine Reiseerzählung aus dem hundertsten Munde so merkwürdig machen wie aus dem zweiten, und zudem in der Schweiz, wo die ergreifendsten Naturbilder so gemein wie das tägliche Brod sind; wer kann da glauben, alles gesehn zu haben? Gesetzt, ich habe den Schaffhauser Wasserfall in der Sonne schimmern gesehn, Sie aber sahn ihn beim Sturm oder im Nebel, welches verschiedenartige und doch gleich wunderbare Schauspiel! Und von den herrlichen Schluchten und Höhlen hab' ich nur wenig gesehn, da ich sehr zum Schwindel geneigt bin.« – »In den Höhlen bin ich tüchtig umhergestiegen«, sagte Karl. »Es muß ein seltsam angenehmes Gefühl sein«, fiel Louis Bendraet ein, »so in voller Lebenskraft unter der Erde zu wandeln, wie begraben, in dem feuchten, modrichten Gesteine. Ich möchte es mitmachen.« – »Du bist mir der rechte Held«, rief sein Bruder, »willst halsbrechende Klettereien unternehmen und bist so schwindlicht wie eine Eule; ich müßte dich wie eine Kuh am Stricke führen und nötigenfalls über die Schulter hängen.« – »Was meinst du, Louis«, lachte Warneck, »das würde doch unpoetisch aussehn, und zudem bedenk mal die Höhlenfrauen und Bergmännchen und Erdmännchen und die Gnomen, die den Leuten einen Buckel anzaubern. Ich fürchte, das würde keinen guten Effekt in deiner Figur machen.«

Man lachte, Türk und Louis mit.

»Einmal«, sagte Karl, »hätte ich doch beinahe geglaubt, ein Höhlengespenst zu sehn. Wir waren zu sechsen in eine Kluft am *** gestiegen. Die beiden Briehls, die beiden Herdrings, Rolling und ich. Die übrigen hatten sich müde gelaufen und lagen in einer schäbichten Bergkneipe. Der Eingang war niedrig und schmal, und sehr hoher Schwarzwald machte ihn noch dunkler. Wir waren kaum einige Schritte gegangen, als wir in dichter Finsternis standen. Unser Führer wollte also die mitgebrachten Fackeln anzünden. Das zögerte etwas.« – »Das war Unvorsichtigkeit von dem guten Mann«, rief Klemens Bendraet dazwischen, »das hätte er vor der Höhle tun sollen.« Seine Mutter winkte ihm unwillig, und Karl fuhr fort: »Ich habe zu sagen vergessen, daß es etwas regnete; also, indem der Mann sich mit Feuerschlagen quält, höre ich durch das Rufen meiner Begleiter, die den Schall versuchten, etwas über den Boden rutschen, und plötzlich schlingt es sich um die Knie und grunzt und zupft mir an den Kleidern und sucht mich niederzureißen. Ich gesteh', daß ich zusammenschauderte. ›Guter Freund‹, rief ich, ›macht, daß Ihr Licht bekommt! Hier ist etwas, aber ich will es halten.‹ Dabei griff ich nach nieder in einen struppichten Haarbusch oder Pelz, ich wußte nicht, was. Da fing es an zu grunzen und um sich zu schlagen und brummte: ›Ich rufe den Apostel Petrus.‹ – ›Wie, bist du da?‹ rief unser Führer; ›sein Sie nicht furchtsam, meine Herren, das ist nur so ein armes Blut, der tut Ihnen nichts.‹

Indem brannte die Fackel an, und ich erblickte einen zerlumpten, abgezehrten Kerl von etwa vierzig Jahren, der vor mir auf den Knien lag und mich fest umklammert hatte. Ich hielt sein Haupt am Haar zurückgebogen, und das ockergelbe, entstellte Gesicht starrte mich grunzend an. Der Führer sagte: ›Sei doch ruhig, Seppi, das sind ja die lieben Apostel‹; dann zeigte er auf den jüngsten Herdring mit den langen Locken und sagte: ›Sieh, das ist Marie Magdalene.‹ Der arme Kerl ließ mich gleich los und kroch bis in einen Winkel der Höhle, wo, wie wir nun sahn, etwas Stroh lag. Der Führer entschuldigte sich nachher, daß er uns nicht von diesem Wahnsinnigen gesagt. Er hielt sich für den Engel Gabriel und diese Höhle für das Grab Christi, das er bewache; er ließ niemand hinein als die Apostel und heiligen Frauen; dafür könnte sich aber jeder ausgeben. Er war krank gewesen, und unser Wirt hatte ihn noch nicht wieder in der Höhle geglaubt.«

»Der arme Kerl hatte eine höllisch langweilige Arbeit«, sagte Klemens.

»Dabei«, sagte Karl, »glaubte er als Engel nichts genießen zu dürfen als Kräuter und Früchte – anfangs roh – und was er im Gebirge fand, nachher hatte man ihn unter dieser Rubrik an alle Arten von Gemüse und Obst gewöhnt, außer Äpfel, die er für die Früchte vom Baum der

Erkenntnis hielt, und Erbsen; warum diese nicht, kann ich nicht sagen.«

»Wahrscheinlich«, rief Klemens, »um der unschuldigen Erbsenläuse willen, die sich zuweilen drin finden.«

»Gingen Sie auch noch weiter in die Höhle?« sagte Julie.

»Ja, Fräulein«, versetzte Karl, »wir schämten uns, umzukehrn, was im Grunde wohl jeder von uns lieber getan hätte, denn wir waren alle erschüttert von dem Anblick des Schrecklichsten, was die Natur hat. Aber wie denn – ich weiß nicht, soll ich gottlob oder leider sagen –, wie sich denn solche traurige Eindrücke, die unser eignes Schicksal nicht berühren, so leicht verwischen, so dachten wir in ein paar Tagen nicht ferner daran, als um den Fritz Herdring ›Marie Magdalene‹ zu nennen, und so blieb von der ganzen greulichen Geschichte nichts übrig als ein fader Scherz.«

Eine kurze Stille entstand. Dann begann Warneck: »Der Wahnsinn ist eine Sache, worüber geistliche und weltliche Gesetze verbieten sollten, nicht gar zu scharf zu grübeln und untersuchen. Ich glaube, daß nichts leichter zur Freigeisterei führt.« – »Ich sollte eher meinen«, fiel Türk ein, »ins Tollhaus.« Warneck versetzte: »Eins von beiden, und sehr leicht beides zugleich.«

Wieder eine Stille, dann sagte Warneck: »Ich habe in dieser Art auch manche greuliche Erfahrung gemacht, aber nichts ist mir lebhafter als das Bild einer alten Frau in Westfalen, die ich in Begleitung eines schon nicht mehr jüngsten, düstern, grämlichen Mädchens an der Tür des Gasthofs, in dem ich wohnte, fand. Die verkümmerte Phisiognomie der Alten, irr, aber ohne eine Spur von

Wildheit, machte mein Mitleid rege, und ich hielt mich einen Augenblick bei ihr auf. Sie benagte langsam eine harte, trockne Brodkruste; dann hielt sie wie erschrocken inne, steckte die Finger in den Mund und hielt die Trümmer eines ihr eben ausgefallenen Zahns in ihrer Hand. Nun zog sie ein schmutziges Papier aus der Tasche, wickelte es auf und legte den Zahn zu ein'gen andren alten Stücken von Zähnen. Das Mädchen sagte auf meine Nachfrage, die Base hebe alle ihre Zähne auf, wie sie ihr von nach und nach ausfielen, um – hier zog die Kreatur das Gesicht zum Lachen, mir wurde ganz schlimm dabei – nun also – um, wenn sie dereinst hinkäme, wo Heulen und Zähneklappern sei, sie doch auch nicht immer zu heulen brauche, sondern zuweilen zähneklappern könne. Mein Wirt sagte mir späterhin, sie sei immer eine sehr brave Frau gewesen, aber da ihr Mann, ein kleiner Krämer, einen einigermaßen verschuldeten Banquerout gemacht und da einige dabei zu Schaden gekommene Familien sie in der ersten Wut mit Verwünschungen überhäuft, sei sie wahnsinnig geworden und meine nun, für den Banquerout verdammt zu sein. Nur im Frühling, wenn die Himmelsschlüssel blühn, sei sie fröhlich und trage Tag und Nacht große Sträuße davon bei sich, weil sie meint, wenn sie in dieser Zeit stürbe, könne sie damit den Himmel aufschließen. Wenn die Blumen anfangen abzunehmen, werde sie immer ängstlicher und suche zuletzt mit der größten Anstrengung nach den letzten Blumen, auch wenn zuletzt die Blütezeit schon vorüber; nachher müsse sie immer lange liegen, so habe sie sich abgequält.«

Warneck schwieg, und ein allgemeines Gespräch über Wahnsinn, menschliche Geisteskräfte usw. entstand und verlor sich bald in andre Gegenstände. –

Der Nachmittag verging unter Spaziergängen, Ballschlagen, Schaukeln und überhaupt den unruhigstem Umhertreiben. Herr von Bendraet spielte Pikett mit Warneck, und Julie hetzte sich mit Türk, der bald verliebt, bald gänzlich ermattet schien und in den kurzen Zwischenpausen vergebens mit Ledwinen anzuknüpfen suchte.

Elise saß am Rahmen und zeigte ihr einen neuen Stich, den Ledwine sogleich versuchte. »Fräulein Ledwine«, sagte Türk, »können doch alles nachmachen.« – »Und Herr von Türk«, versetzte Julie, »über alles etwas sagen, aber es steht ihm nicht so gut.« Karl und Louis traten herein und fragten nach Klemens.

»Ich dachte, er sei bei Ihnen«, sagte Elise. »Nicht doch«, entgegnete Karl, »wir sprachen von den Kunstwerken Italiens. Da sagte er, wenn wir die schönen Künste vorreiten wollten, so gehe er zum Henker. Nachher kam er noch einmal wieder, brachte ein paar ausgefallne Gänsefedern und etwas Birkenrinde und bat, unsren schönen Gedanken die Ewigkeit zu schenken. Gleich werde eine Hirtin vorüberwandeln, noch obendrein mit den Attributen der Künste und Weisheit, wir möchten nur gut aufpassen, er wolle indessen mit den Schnitterinnen dort auf dem Felde idyllisieren. Darauf lief er fort.«

»Und ein altes schmutziges Baurenweib schleppte ihren Milcheimer vorüber«, sagte Louis lachend, »der Henker weiß, wie sie aussah. Sie hatte ihren Rock wohl mit zwanzig Lappen von verschiednen Farben dekoriert. Unter den Attributen verstand er wahrscheinlich einen alten verdorrten Gänseflügel, den sie draußen irgendwo aufgelesen hatte.«

»So ist er wohl jetzt auf dem Felde«, sagte Therese.

»Ich habe von der Mauer das ganze Feld übersehn und kann ihn nicht bemerken.«

Das Pikettspiel war geendigt; Bendraet hatte verloren und stand mißmutig auf. Da trat Klemens herein, die blonden Locken verwirrt um das glühende Gesicht.

»Marie Magdalene«, rief Julie, »wo bist du so lange gewesen?« fragte Elise. »In meinem Rocke«, antwortete er. »Aber, mein Gott, wie ist dir, hast du Lust zu lachen oder zu weinen?« – »Ich habe Lust, dir die Haut über die Ohren zu ziehn«, versetzte er noch halb unwirsch und brach nun je mehr und mehr in ein unaufhaltsames Gelächter aus. Er rettete sich in das Fenster zu den übrigen jungen Leuten, redete leise und lebhaft zu ihnen. Die lustige Stimmung nahm auch dort überhand, und man sah, daß er geneckt wurde. Die Schloßuhr schlug fünf. Warneck wollte Abschied nehmen und nach Schnellenfort kehren, aber Frau von Bendraet bat ihn, zuvor mit ihnen zu Abend zu essen.

»Wenn Sie nicht zu Nacht bleiben«, versetzte er. »Es ist doch nur ein halbes Stündchen von Lünden bis Schnellenfort, und der Mond scheint ja hell.« »Sie müssen uns auch noch allerlei erzählen von Ihren Reisen«, fiel Elise ein. »Ach, das meiste wissen Sie«, versetzte Warneck, »doch«, setzte er lachend hinzu, »die merkwürdigste mir auf meinen Reisen vorgekommene Erscheinung habe ich noch nicht erwähnt. Ich habe sie in den südlichsten Gegenden Frankreichs beobachtet, wo sie sich noch seltsamer ausnahm, wie wenn es sich hier fände.« – »Nun?« sagte Julie.

Warneck stockte lächelnd ein Weilchen, dann sagte er: »Eine Frau, die ihrem Manne nie widersprochen hat.« – »Führen Sie die Leute nicht an«, sagte Julie getäuscht lachend, und Türk rief: »Hören Sie wohl, Warneck? Fräulein Julie hält Ihre Seltenheit für erdichtet.« – »Ich glaube es auch nicht«, sagte Klemens, »oder hatte ihr der Mann einen Maulkorb angehängt?« – »Nicht viel besser«, sagte Warneck; »sie war taubstumm und zwar von ihrer Geburt an.« – »Und doch verheiratet!« sprach Therese. »Das, mein Fräulein«, versetzte Warneck, »ist eigentlich das Merkwürdige und zugleich Abscheuliche an der Sache. Sie war nicht viel besser als ein Tier, aber sie hatte ein paar hundert Gulden.« – »Das ist ganz recht«, rief KIemens, »es ist unmöglich, sich eine bequemere Frau zu denken.« – »Klemens, Klemens,« sagte Frau von Bendraet, »wie redest du wieder in den Tag hinein!« – »Er hat sich nur verredet, gnädige Frau«, entgegnete Warneck, »sehn Sie nur, wie rot er wird.« Dabei legte er seine Hand an die Wange des jungen Bendraet. Klemens schlug ihm halb verlegen, halb scherzend auf die Finger.

»Übrigens«, hub Karl an, »gibt es in hiesiger Gegend in allem Ernste eine Bäurin, die aus Vorsatz, um mit ihrem Manne in Frieden zu leben, vierzehn Jahre lang keine Silbe geredet hat.« – »Das ist richtig«, sprach Frau von Brenkfeld, »wir kennen diese Frau sehr wohl. Sie hatte lange und viel durch den zänkischen Geist ihres Mannes gelitten. Auf einmal hört sie auf zu reden; man hält sie erst für aufgebracht, dann für wahnsinnig, dann für stumm. So währt es vierzehn Jahre. Der Mann stirbt. Auf seinem Begräbnistage fängt sie wieder an zu reden und versichert, es werde sie noch in ihrer Todesstunde trösten, ihren Vorsatz durchgehalten zu haben. Sie könne nun ohne Unruhe und Reue an ihren seligen Mann denken, denn seit vierzehn Jahren sei keine Uneinigkeit zwischen ihnen gewesen.« – »Das ist viel«, sagte Warneck.

»Lebt die Frau noch?« fragte Louis. »Jawohl«, entgegnete Frau von Brenkfeld, »nahe bei Emdorf in dem kleinen roten Häuschen an der Heerstraße.« »Die Frau kenne ich wohl«, sagte Klemens. »Ich nicht«, versetzte Louis, »aber ich möchte sie wohl kennen.« Klemens beugte zu ihm und sagte halbleise: »Strapazier dich nicht, mein Söhnchen, es ist eine alte Hexe, und an hübsche Töchter ist auch gar nicht zu denken.« – »Geh!« sagte Louis. Warneck lachte und drohte ihm mit dem Finger. »Nun, was ist es denn weiter?« sagte Klemens laut, »ich sagte eben, die Frau hat keine Kinder, aber so ein Dutzend Schreihälse würden ihr die Worte schon von der Zunge gebracht haben.« Warneck versetzte neckend: »Es kam mir beinahe vor, als hätte, was du sagtest, anderst geklungen; aber ich will dich nicht noch röter machen; du blühst doch schon wie eine Rose.« – »Beinahe, als wenn man ihn zu Claudinens Füßen ertappte«, rief Julie. »Hm«, brummte Klemens halbleise vor sich hin, »die Blankenau gefällt mir in kurzem vielleicht besser als die Triest. Man wird des ewigen Silbenstechens doch endlich hundemüde.« – »Vorzüglich«, versetzte Julie, »wenn ein bißchen Handwerksneid dazukömmt.« – »Ich merke wohl«, rief Klemens, »du arbeitest darauf, daß ich widernecken soll, aber ich wüßte wahrhaftig nicht, womit, ich müßte denn deine unglückliche Liebe zu dem Wohlgeflickten ans Licht ziehn.« – »Darüber brauchst du nichts zu sagen«, entgegnete Julie lachend, »hätte der arme Schelm besser zu leben, so würde er gewiß die alten Röcke nicht so lange flicken lassen.« – »Es ist Schande genug, daß die Kunst so nach Brod gehn muß«, rief Louis dazwischen. »Und eigentlich«, sagte Julie, »ist er Louis' Ideal und nicht das meinige.« – »Ideal will viel sagen«, antwortete Louis, »ich kann, gottlob! noch höher hinauf denken, aber daß ich Anteil an dem Wengenberg nehme, das finde ich sehr natürlich und nur wunderbar, daß ich der einzige in unsrem Hause bin; die Musik ist doch sonst eine Sprache, die sogar Kinder und Wilde verstehn.« – »Für welches von beiden hältst du mich denn?« fragte Julie. Louis neigte zu ihr und sagte leise: »Für ein Kind und wild dazu.«

Julie sprang rasch auf und griff ihn mit großer Schnelligkeit an. Louis wollte sich verteidigen, aber die Schläge fielen wie Schneeflocken auf Wangen und Schultern und Rücken, daß Louis, den Kopf zwischen die Schultern gedrückt, bald diesen, bald jenen der Gesellschaft vergebens vorschob und nur endlich am Sofa neben den Frauen Ruhe fand. Dabei rief sie: »Nach Erlenburg solltest du ziehn, dahin gehörst du, du Troubadour, du Mondhase!«

Der kleine Krieg war geendigt. Louis schöpfte Atem. Julie sah auf ihre rotgewordenen Händchen und trat vor den Baron Warneck: »Sein Sie nicht böse, ich habe Sie tüchtig gestoßen. Warum machen Sie sich zur Mauer? Die muß nieder, wenn der Feind dahinter steckt.«

Warneck sah in das zarte, glühende Antlitz, und eine leise Bewegung zuckte über sein Gesicht. Er senkte seine scharfen Blicke in ihre Augen und sagte: »Sollte Fräulein Julie sich selbst so wenig kennen?«

Dann wandte er sich rasch zu den übrigen.

Der Wagen fuhr vor, und die schönen, reichgezäumten Reitpferde scharrten ungeduldig auf dem Pflaster. Die Reuter ließen sie die schönsten Fensterparaden machen, und der Besuch war zu Ende.

»Der Klemens kann doch seine eigne Schande nicht verschweigen«, hub Karl an zu seinen Schwestern, indem sie dem Zuge durch die

Scheiben nachblickten. »Wißt ihr, was das Necken mit seiner Röte bedeutet? Er hat sich auf dem Felde von einem hübschen Bauernmädchen eine tüchtige Maulschelle geholt, und wie er es recht betrachtet, da wird es ihm so lächerlich, daß er es nicht verschweigen kann. So macht er's immer. Er ist eigentlich nicht schlimmer als andre Leute, aber er sagt immer alles Üble, was er von sich selber weiß, und noch ein'ges und andre dazu, woran er nicht denkt.«

»Mir ist er sehr fatal«, versetzte Therese.

Die Mutter saß indes an dem andern Fenster und dachte an die arme, gedrückte Nachbarin, Mutter und Gattin und doch verwaist, und sah sie im Geiste schleichen, alt und verkümmert, in dem dürren, rasselnden Laube ihrer liebsten, letzten Hoffnungen. Sie dachte an ihre eignen Kinder, an ihre Zucht, ihren Gehorsam, ihre kindliche Sorgfalt, und ihr Herz ward vor Rührung durch und durch weich in Wehmut und Reue. Sie nahm ein Gebetbuch aus der Lade des Tisches und ging hinaus in ihre Kammer.

Karl unterhielt indessen Theresen von dem Zustande des Patienten, der ihm sehr beruhigend schien. Der Kranke war völlig bei Sinnen und hatte mehrere Stunden sehr ruhig geschlummert. »Ich bitte dich«, sagte Therese, »nimm dich seiner doch recht an; wir können es nicht.«

Karl entgegnete noch manches, und Therese wurde zerstreut, denn sie hatte Ledwinen soeben über den Vorhof in den Garten wandeln sehn, und ihr langsamer matter Gang, die feine, sanft gebeugte Gestalt, der wie dem blühenden Schneeballe das farblose, reich umflochtne Haupt zu schwer zu werden schien, hatte sich mit wehmütiger Angst auf ihr Herz gelegt. Karl sagte eben: »Ich will wieder hinauf zu dem

Kranken gehn.« – »Das tu«, versetzte sie rasch und schritt dann gedankenvoll und unruhig hinaus in den weiten, schön angelegten Garten des Schlosses. Sie sah Ledwinen von fern, wie sie am Rande des Parks unter der alten Linde saß, die Arme übereinander auf den steinernen Tisch gelegt und das Gesicht fest darauf gedrückt. Da fiel ihr ein, wie sie den Grafen Hollberg am Morgen in ähnlicher Lage gesehn, bleich in der Ohnmacht, und alles, was Karl über seine Krankheit gesagt, und sie erschrak vor der Ähnlichkeit, denn wie hätte sie sich je bei Ledwina das eingestehn sollen, was sie bei dem Grafen sogleich als unleugbar anerkannte! Es ist ja ein schönes Wahrzeichen liebender Herzen, so, wie ohne Not für das Geliebte zu sorgen, so auch mit glühender, herzzerreißender Blindheit die Hoffnung zu umklammern, wenn sie für einen jeden andern längst dahin ist. Eine Stimmung der Angst überfiel sie, in der sie nicht vor Ledwina treten mochte. Sie wollte sich eben umwenden, als die Schwester aufsah und nach ihr hinüber. Sie suchte sich nun zu ermannen, nahte sich der Linde und saß nieder neben ihr.

Ledwina sah auf und sagte ganz matt: »Mein Gott, wenn Lünden so nah wäre wie Erlenburg!« – »Es ist aber, gottlob!« versetzte Therese, »mehr als noch einmal so weit bis dahin; wir haben doch jetzt gewiß für ein paar Monate Ruh.« – »Zum Beispiel der Klemens«, sagte Ledwina, »und ich glaube wahrlich, die Adolfine Dobronn könnte ihn nehmen.« – »O, ungezweifelt«, entgegnete Therese. Ledwina versetzte: »Und die Linchen Blankenau vielleicht auch – mein Gott, wenn ich des Menschen Frau werden müßte, ich könnte unmöglich lange leben.« Sie lehnte das Haupt, wie ermüdet von dem Gedanken, an Theresens Schulter und fuhr fort: »Nein, sterben würde ich wohl vielleicht nicht, aber verkrüppeln an jeder Kraft des Geistes, alle Gedanken verlieren, die mir lieb sind, halb wahnsinnig, eigentlich stumpfsinnig würde ich werden.« Sie sann ein Weilchen, dann sagte sie: »Überhaupt, Therese, ich bin so ungenügsam und habe so wenig Sinn für fremde Ansichten, das ist einer meiner größten Fehler. Gott weiß, welche Schule mir vielleicht noch vorbehalten ist. Ich gestehe, daß ich mich sehr vor einer Schwägerin fürchte. Vielleicht wird sie kein Herz für mich haben.« Dann sagte sie mit einem raschen Blitze in den matten Augen: »Nein, so ist es nicht, aber ich fürchte, ich habe keins für sie. Es wird wie eine Mauer zwischen uns stehn, daß sie mir die Mutter und dich ersetzen soll und nicht kann, denn du bist dann längst fort und glücklich.«

Therese legte sanft ihren Arm um die seltsam Bewegte und ward selbst trüber: »Liebe Ledwina, verkümmere dir doch dein Leben nicht mit der Zukunft; sie kömmt von selbst, ohne daß wir sie in Angst und Sorgen herbeischleppen.« – »Eben darum«, antwortete Ledwina lebhaft, »müssen wir uns im voraus mit dem Gedanken vertraun, damit es nachher nicht zu schwer fällt. Weißt du wohl, daß es sündlich ist, aus eigener Schuld einem Geschicke unterliegen, das so allgemein getragen wird? Aber«, fuhr sie dann langsamer fort, »wenn ich mir das so denke, daß eine andre hier regiert an der Mutter Stelle und in dem Bette schläft, vor dem wir so oft gestanden und ihr eine gute Nacht gewünscht...« Sie wandte sich unruhig nach allen Seiten umher. »So wird es aber gar nicht kommen«, sagte Therese, »die Mutter wird wahrscheinlich hier bleiben. Karl ist ja so vernünftig; seine Wahl wird nicht leicht so schlimm ausfallen, daß die Mutter fortziehn müßte.« – »Aber wenn die Mutter nun tot ist?« versetzte Ledwina. »Die Mutter«, sagte Therese wehmütig, »kann, gottlob, wohl länger leben wie wir.« –

»Aber die Zeit kommt doch endlich«, unterbrach sie Ledwina. Dann legte sie sanft ihren Arm um Theresens Nacken und fuhr, nah an ihrer Schulter gelehnt, leise und beklemmt fort: »Sieh, Therese, auf unsrem Boden stehn so viele alte Bilder aus der Familie, aber wir wissen doch fast von keinem recht, wen es vorstellt, und es sind doch alles unsre Voreltern und haben hier gewohnt, Gott weiß, in welchen Zimmern, und haben Geschwister und Kinder gehabt, die diese Bilder mit Freude und Verehrung betrachtet und bewahrt und vielleicht späterhin mit der teuersten, rührendsten Erinnerung, und nun? Wie sehn sie aus! Der alten Frau, du weißt wohl, mit der schwarzen Kappe, sind jetzt auch die Nase und die Augen ausgestoßen. Das ist gewiß absichtlich geschehn, weil sie eigentlich so häßlich aussieht.« Sie fuhr tief atmend fort: »Die Vergangenheit, die liebsten, teuersten Überbleibsel werden endlich mit Füßen getreten. Denk, wenn Mutter ihr Bild –« Sie fing heftig an zu weinen und klammerte sich fest um ihre Schwester. Therese mußte sich gewaltsam innehalten; denn alle Fasern ihres Herzens schmerzten, aber sie hielt sich fest und sagte: »Ledwine, sei ruhig, schade dir nicht selber. Warum suchst du gewaltsam Gegenstände auf, die dich erschüttern und krank machen müssen? Nun bitte ich dich, wenn du mich lieb hast, so nimm dich zusammen und sprich und denk etwas andres.« Beide schwiegen. Ledwine stand auf und wandelte ein paarmal den Garten auf und nieder. Dann setzte sie sich wieder zu Theresen, die über allerlei Dinge zu reden begann. Sie antwortete so, daß Therese sowohl ihren guten Willen als seine gänzliche Schwäche sehn mußte. Die Sonne begann sich zu neigen, und ihre milden Lichter tanzten durch die Zweige der Linde auf den Gewändern der Mädchen und Ledwinens leise bebendem Antlitz.

»Wie schön der Abend wird!« sagte Therese. »Gestern um diese Stunde lebte der arme Klemens noch«, seufzte Ledwine. »Suchst du wieder das Trübe?« sagte Therese sanft. »Ist denn«, versetzte Ledwine beklemmt, »ein Tag Andenken zuviel für seiner Mutter einzigsten Trost? Hör mich an!«

Nun erzählte sie, wie sie an dem Flusse gewandelt, immer hinauf, kämpfend mit greulichen, sinnlosen Bildern, wie sie sich fast besiegt und umkehren wollen, nur noch diese eine Bucht vorüber, – und ein matter, flimmernder Schein sah durch dichte Brombeerranken aus dem Gewässer zu ihr hinüber. Heimlich schaudernd nannte sie es den Widerschein der Sonne. Da wehten leichte Wolken herauf, das Sonnengold schwand vom Strome, und heller flammte das heimliche Licht durch die dunklen Blätter.

»Begreifst du wohl, Therese«, sagte sie, »daß ich an die Sagen dachte von Lichtern, die über den Versunknen wachen? Indes ergab ich mich nicht und schritt rasch darauf zu; da flammte es hoch auf und schwand, und wie ich an das Gestrippe trat, da war es die Laterne des armen Klemens, die, ausgebrannt und in die Ranken verschlungen, auf dem Wasser schwankte. Ich kniete an das Ufer und löste sie aus den Dornen, aber wie ich sie so kalt und naß und erloschen in der Hand hielt, da war es mir, als sei sie ein toter, erstarrter Teil des Verlornen. Ich habe sie am Ufer stehen lassen.« Sie drückte sich leise schaudernd an Theresen. »Aber was ist denn das?« sagte sie und deutete auf den Boden. »Was meinst du?« versetzte Therese. »Mich dünkt, ich sehe mehr als die Schatten der Bäume.« – »Auch die unsrigen«, sagte Therese. – »Es wird nichts sein; hör zu, und wie ich zurückgehe und an das Sandloch komme, da seh ich von weitem die alte Lisbeth aus ihrem Hause gehn. O Therese, sie ist so klein geworden, ich hätte sie fast nicht erkannt. Sie ging lange vor mir, ohne mich zu sehn, sondern immer starr in das Wasser. Du weißt, sie ist immer so ordentlich. O Gott, sie sah so verstört aus. Die Hälfte ihrer grauen Haare hing unter der Mütze hervor. Ich konnte es nicht mehr aushalten und ging vorüber. Da schlug es Mittag im Dorfe, und die Betglocke begann zu läuten. Ich sagte im Vorübergehn: ›Gelobt sei Jesus Christus!‹ Sie sah nicht auf, sondern preßte die Hände zusammen und sagte: ›In alle Ewigkeit, in alle Ewigkeit, Amen‹ laut und oft nacheinander. Ich hörte es noch, wie ich schon eine Strecke von ihr war.«

»Gott wird sie trösten«, sagte Therese und sah bewegt vor sich nieder. Da war es ihr selber, als sehe sie durch den Schlagschatten der Bäume noch eine andre Gestalt lauschen. Sie sah rasch um sich, aber es war nichts.

»Es wird zu kühl für dich, Ledwine«, sagte sie aufstehend, und die von heimlichen Fieberschauern Durchbebte folgte ihr willig. Auf dem Hofe begegnete ihnen Karl. Therese ließ die Schwester vorangehn und teilte ihm ihre Bemerkung mit, und er schritt sogleich in den Garten, dann eilte sie der trauernd Wandelnden nach.